बूँद बूँद बतरस

बूँद बूँद बतरस

कीर्तिकुमार सिंह

वाणी प्रकाशन

प्रकाशन के उत्कृष्टतम 60 वर्ष

vaniprakashan.com

प्रथम संस्करण : 2023

वाणी प्रकाशन

4695, 21-ए, दरियागंज, नयी दिल्ली-110 002

फ़ोन : +91 11 23273167, 23275710

शाखाएँ

अशोक राजपथ, पटना-800 004, बिहार

कॉफ़ी हाउस कैम्पस, महात्मा गांधी मार्ग, इलाहाबाद-211 001, उत्तर प्रदेश

महात्मा गांधी अन्तरराष्ट्रीय हिन्दी विश्वविद्यालय, वर्धा-442 001, महाराष्ट्र

36/ए, शेक्सपियर सरणी, रानी बिरला गर्ल्स कॉलेज के पास, कोलकाता-700 017, प. बंगाल

sales@vaniprakashan.in
vaniprakashan@gmail.com

Boond Boond Batras
by Kirti Kumar Singh

Short Stories

आर. टेक ऑफ़सेट प्रिंटर्स, दिल्ली-110 032 में मुद्रित

वाणी प्रकाशन का लोगो मक़बूल फ़िदा हुसेन की कूची से

त्वदीयं वस्तु श्रीदुर्गे तुभ्यमेव समर्पये

एकला चलो रे!

माँ भवानी ने आधा रास्ता पूरा कर दिया। जितने लघुकथा संग्रह लिखने की सोच रखा है, 'बूँद बूँद बतरस' से उसका आधा पूर्ण हो गया। वैसे माँ भवानी ही जानें कि उन्हें मुझसे कितना लिखवाना है। मैं तो निमित्त मात्र हूँ।

इस लेखन यात्रा में गुरुदेव रवीन्द्रनाथ ठाकुर की एक पंक्ति कानों में लगातार गूँजती रही—'एकला चलो रे'। मुझे लगता है कि गुरुदेव रवीन्द्रनाथ ठाकुर ने अत्यन्त पीड़ाभरी मनःस्थिति में यह वाक्य लिखा होगा। जिस पीड़ाभरी मनःस्थिति में वाल्मीकि के मुख से निकला था—'मा निषाद...'। कुछ उसी स्तर की लेकिन भिन्न मनःस्थिति। लीक से हटकर कोई काम करने पर व्यक्ति अकेला होने के लिए अभिशप्त होता है। सर्वप्रथम तो वह समाज और अपने आसपास के उपहास का पात्र बनता है। अब यह अपना काम करने वाले के आत्मविश्वास और दृढ़ इच्छाशक्ति पर निर्भर करता है कि वह मानकर चले—लीक छाँड़ि तीनहिं चलइँ, शायर, सिंह सपूत। कमजोर इच्छाशक्ति वाला भाग खड़ा होता है। मुझे अच्छी तरह याद है कि जब अपनी उच्च शिक्षा के दौरान मैंने कविता का 'सहजतावाद' आन्दोलन शुरू किया था तो प्रेस कान्फ्रेन्स के लिए निमन्त्रण देने एक बड़े अखबार के कार्यालय में गया। वहाँ के ब्यूरो चीफ ने अन्य पत्रकारों से कहा, "देखो मित्रों, एक नये जगदीश गुप्त पैदा हो गये हैं।" सारे पत्रकार ठहाका लगाकर हँसने लगे। मैं ब्यूरो चीफ के समक्ष अपने तर्क रखने लगा। उनकी बोलती बन्द कर दी मैंने, लेकिन वे चिढ़ गये। उन्होंने प्रेस कान्फ्रेन्स में न तो किसी पत्रकार को भेजा और न ही मेरे आन्दोलन के बारे में कुछ छापा। उस अखबार के लोग आज तक मुझसे चिढ़ते हैं। उन्हें बहुत घमण्ड है कि वे बहुत बड़े अखबार के लोग हैं। वे मेरे बारे में कुछ भी छापने से बचते हैं और हमेशा मुझसे मुकाबले के लिए एक न एक साहित्यकार निर्मित करते रहते हैं। मुझे भी लगता है कि यह अखबार हमेशा अपनी पूरी ताकत लगाकर मुझे साहित्यकार बनने से रोकता रहे और उसके बावजूद यदि मैं एक बड़ा साहित्यकार बन जाऊँ तब तो कोई बात है।

ईश्वर की कृपा से यदि अपमान के सारे घूँट पीता हुआ साधक एकला चलता रहा तो एक न एक दिन वह सफल होता है। सफल हो जाने के बाद और पीड़ाभरी स्थिति सामने आती है। उसकी कठोर मेहनत को कोई नहीं देखता। सफलता देखकर ईर्ष्या करने वालों की एक बड़ी फौज खड़ी हो जाती है। आत्मसम्मान और स्वाभिमानवाला व्यक्ति चुपचाप सबसे अलग हो जाता है और अपनी राह पर चलता रहता है। आप एक सफल साहित्यकार बनने लगिए तो बहुत सारे तथाकथित साहित्यकार आपके कलेजे में कलम भोंक देने के लिए चढ़ाई कर देंगे। भलाई इसी में है कि सबसे कटकर अकेले रहिए। अपनी सुरक्षा के लिए एक लक्ष्मण रेखा खींच लेनी चाहिए और उस लक्ष्मण रेखा के अन्दर ही रहना चाहिए। हाँ यह जरूर रहता है कि लक्ष्मण रेखा के बाहर सैकड़ों लोग तलवार, भाले, धनुष-बाण लिये खड़े रहते हैं। जीभें लपलपा रही होती हैं, आँखें आग की लपटें फेंकती रहती हैं। आपने लक्ष्मण रेखा पार नहीं की कि आप के ऊपर हमला हुआ।

आपको यह दिखता है कि मेरे साथ भी कई लोग हैं। यह आपका भ्रम होता है। दो-चार लोग ही साथ होते हैं। बाकी लोग इस उम्मीद में आपके साथ होते हैं कि इस आदमी का अपने फायदे के लिए हम इस्तेमाल कर सकते हैं। वे बराबर इस प्रयास में लगे रहते हैं। ध्यान देने पर आप इसे अच्छी तरह महसूस कर सकते हैं। मैंने तो अपने अन्दर ऐसी क्षमता विकसित कर ली है कि आदमियों के बजाय प्रकृति के सान्निध्य में मुझे ज्यादा आनन्द आता है। भरा-पूरा जंगल न भी मिले। एक ही हरा-भरा पेड़ दिखता रहे। मेरे मन को बहुत शान्ति मिलती है। पता नहीं क्यों पानी देखकर मेरे मन में आनन्द का सोता फूट पड़ता है। समुद्र न सही, नदी न सही, झरना न सही, छोटा सा तालाब ही सही। एकत्रित जल देखकर मन प्रसन्न हो जाता है। सब बातों के साथ मन में एक बात का अटल विश्वास रहता है कि माँ दुर्गा सदा मेरे साथ है, अतः मुझे अपनी परवाह करने की कोई जरूरत नहीं। अकारण मेरे पीछे पड़ने वालों पर माँ का क्रोध मैं कई बार देख चुका हूँ।

चैत्र नवरात्र 2018

—कीर्तिकुमार सिंह
15/6, स्टैनली रोड,
सिविल लाइन्स,
इलाहाबाद-211001 (उ0प्र0)
चलभाष-9415094253

अनुक्रम

राम

कल दशमी थी, अर्थात् विजयदशमी। रामलीला का दसवाँ दिन। गाँव के रामलीला मैदान में राम-रावण का रोचक युद्ध हुआ और रावण मारा गया। आज रामलीला का ग्यारहवाँ और अन्तिम दिन था। आज रामलीला मैदान में राम का राज्यभिषेक होना था। उसके बाद राम दरबार सजना था। राम-दरबार सज जाने के बाद गाँव के लोग राम-सीता, लक्ष्मण, भरत, शत्रुघ्न और हनुमान की पूजा करते थे। पैसा और प्रसाद भी सामर्थ्य के अनुसार चढ़ाते थे। मुख्य पूजा राम और सीता की ही होती थी।

गाँव के सत्तर वर्षीय जगत आज बड़े धर्म संकट में थे। पहले इंटर कॉलेज में अध्यापक थे और अब सेवानिवृत्ति का जीवन जी रहे थे। इस साल रामलीला में जलधर नाम के बीस साल के एक लड़के को राम बनाया गया था। जलधर चोर किस्म का लड़का था। वह जगत का पड़ोसी था। जगत रोज रामलीला में देख रहे थे कि राम के रूप में रामलीला मैदान में आते ही गाँव के लोग जलधर को श्रद्धा से हाथ जोड़कर प्रणाम करते। जगत का मन अन्दर ही अन्दर कचोटता। चोर जलधरवा राम का अभिनय करने से क्या सचमुच राम हो गया है?

जगत शुरू से जलधर की करतूत देख रहे थे। वह जब चौदह साल का था तो एक दिन दुकान पर गरम मसाला लेने गया। दुकानदार का घर दुकान से सटा हुआ था। दुकानदार जलधर को दुकान दिखा कर दस मिनट के लिए अपने घर गया। जलधर ने दुकानदार की संदूकची से सारा पैसा बटोरा और लेकर घर भाग आया। उस दिन जलधर के माँ-बाप और दुकानदार में दिनभर झगड़ा हुआ। जलधर के माँ-बाप ने यह मानने से इनकार कर दिया कि जलधर ने कोई चोरी की है।

उसके बाद जलधर की झिझक खुल गयी। जहाँ मौका मिलता, हाथ साफ कर देता और तो और एक बार वह जगत के आँगन से पीतल का एक लोटा लेकर भागा। जगत घर के बाहर बैठे थे। उन्होंने देख लिया। वे जलधर के पीछे-पीछे

उसके घर तक गये। उन्होंने उसके माँ-बाप से शिकायत की। शिकायत सुनना तो दूर, उसके माँ-बाप उल्टे जगत को ही दोषी ठहराने लगे।

जगत इसी असमंजस में थे कि आज रामलीला देखने जाऊँ या न जाऊँ। जाने पर जलधरवा चोर की पूजा करनी पड़ेगी। एक तरफ उनके मन में यह आ रहा था कि हर व्यक्ति ईश्वर का रूप होता है। राम के रूप में सामने मौजूद व्यक्ति राम ही हैं। कौन उनकी भूमिका निभा रहा है इससे कोई फर्क नहीं पड़ता। सारी जनता यही मानकर तो रामलीला के राम की पूजा करती है। हम रामत्व की पूजा करते हैं, अभिनय क़रने वाले की नहीं।

अचानक जगत को याद आया कि साधु का वेष बनाकर ही रावण सीता का अपहरण कर ले गया था। सुवेश के चलते ही सीता धोखा खा गयीं। सीता को तो पता नहीं था कि साधु का वेश धारण किये हुए दरअसल रावण है। मुझे तो अच्छी तरह पता है कि दरअसल जलधरवा चोर ने राम का वेश धारण कर रखा है। सीता जी तो अनजाने में धोखा खा गयीं। मैं तो जानबूझकर धोखा खाने जा रहा हूँ। जगत ने तय कर लिया कि वे आज रामलीला देखने नहीं जाएँगे।

पट्टीदार

गाँव में एक कहावत है—जरा सरपत और मरा पट्टीदार! अर्थात् सरपत को अगर जला दिया जाय तो भी वह खतरनाक रहता है। पैर पड़ने पर पैर में गड़ ही जाता है। इसी तरह पट्टीदार कितना भी ग़रीब और दीन-हीन स्थिति में हो, नुकसान पहुँचाने से बाज नहीं आता।

शंभुशरण और गंगूदीन पट्टीदार थे। गाँव में आसपास ही घर था। शंभुशरण के दो बेटे थे और दोनों बहुत अच्छी नौकरी करते थे। अपने बेटों के बूते शंभुशरण की गाँव में बहुत इज़्ज़त थी और वे क्षेत्र के एक मानिन्द व्यक्ति थे। अपने छोटे-मोटे काम़ों के सिलसिले में गाँव के लोग अक्सर शंभुशरण से मदद माँगते रहते थे। अपने बेटों से कहकर शंभुशरण ने गाँव के चार-छः लड़कों की नौकरी भी लगवा दी थी। परिणाम यह था कि शंभुशरण के दरवाजे पर हमेशा कुछ लोग बैठे उनकी खुशामद कर रहे होते। शंभुशरण भी दरवाजे पर आने वालों को चाय-पानी कराते रहते थे, जिससे क्षेत्र में इज़्ज़त का डंका बजता रहे।

गंगूदीन के भी तीन बेटे थे। तीनों बड़े हो गये थे। गंगूदीन भी शंभुशरण की दुआरदारी में लगे रहते थे। एक पट्टीदार इतना आगे बढ़ा जा रहा था, इस कारण गंगूदीन के कलेजे पर साँप लोटता रहता था, फिर भी खाली रहने पर अक्सर शंभुशरण के दरवाजे पर बैठे जय-जयकार करते रहते थे। उनके तीनों बेटे बेरोज़गार थे और वे चाहते थे कि शंभुशरण अपने बेटों से कहकर उनके बेटों की नौकरी लगवा दें। एक-दो की भी नौकरी लग जाय तो भी ठीक! अपने बेटों की नौकरी के लिए गंगूदीन हमेशा शंभुशरण के आगे रिरियाते रहते थे। शंभुशरण गंगूदीन का खूब स्वागत-सत्कार करते और भरपूर चाय-पानी पिलाते। गंगूदीन उनसे उम्र में बड़े थे परन्तु नौकरी देने के नाम पर बस झूठा आश्वासन देते रहते। 'जरा सरपत और मरा पट्टीदार' वाली कहावत उन्हें भी पता थी।

शंभुशरण धर्म-कर्म में बड़ी रुचि रखते थे। इसके पीछे दो कारण थे। एक तो उन्हें यह सन्तोष होता था कि मैंने भगवान के नाम पर कुछ किया।

दूसरा इसी बहाने भोज-भण्डारा भी होता रहता। चार-छः गाँव के लोग खाने के लिए आमन्त्रित किये जाते और दूर-दूर तक शंभुशरण की वाह-वाह होती।

एक बार शम्भुशरण ने अठारह गाँव का भण्डारा कर दिया। बात चारों तरफ गूँजने लगी। क्षेत्र में इतना बड़ा भण्डारा अभी तक किसी ने नहीं किया था। लोग आ-आकर शम्भुशरण को बधाई देने लगे। गंगूदीन को भी यह बात पता चली। उनके तन-बदन में आग लग गयी। पट्टीदार का चारों तरफ इतना नाम? उनके दिमाग में तरह-तरह के तिकड़म नाचने लगे। ऐसा क्या कर दिया जाय कि शम्भुशरण की मिट्टी पलीद हो जाय? हे भगवान कुछ न कुछ विघ्न डाल दे!

जिस दिन भण्डारा था, उस दिन सवेरे से ही गंगूदीन शम्भुशरण के यहाँ भट्ठी पर तैनात हो गये। उस भट्ठी पर पूड़ी-कचौड़ी छनने का कड़ाहा चढ़ा हुआ था। चार बजे शाम से भोजन शुरू होना था। दो बजे ही फारिग होने के नाम पर गंगूदीन वहाँ से खिसक लिये। लोटे में पानी लेकर वे खेतों की ओर चल दिये। रास्ते में उन्हें जो भी मिल रहा था, उसे पकड़कर वे उसके कान में फुसफुसा दे रहे थे, "भैया, एक बात मैं तुमको बता रहा हूँ, किसी को बताना मत। आज शम्भुशरण के यहाँ भण्डारा है, लेकिन खाने मत जाना। बड़ा भारी अनर्थ हो गया है। पूड़ी-कचौड़ी छानने के कड़ाहे पर मैं ही था। कड़ाहे के घी में एक बिल्ली कूद गयी थी। वह उसी खौलते घी में जलकर मर गयी। सब भरभण्ड हो गया है। भण्डारा खाने में बड़ा पाप लगेगा, बिल्ली उसी में मरी है।" उन्होंने दर्जनों लोगों के कान में यह बात फूँक दी।

बात जंगल की आग की तरह फैल गयी। गाँव में इस तरह की सनसनीखेज बातें बड़ी तेज फैलती हैं। खाने के समय तक कोई नहीं पहुँचा। काफी देर तक लोगों का इंतज़ार होता रहा। कोई नहीं आया। शम्भुशरण के घर में खलबली मच गयी।

नौकरों को लोगों को बुलाने भेजा गया। सब 'अभी थोड़ी में आ रहा हूँ' कहकर टरका दे रहे थे। अन्ततः शम्भुशरण का इज़्ज़त बढ़ाने का काम, एकदम उलट गया।

देश की धर्मनिरपेक्षता

शाकिर और अब्बास छात्र जीवन से ही दोस्त थे। कहा जाता है कि दोस्ती समान गुण वालों में ही होती है, लेकिन यहाँ मामला एकदम उलटा था। शाकिर जहाँ निहायत ही शरीफ, ईमानदार ओर नेकदिल इन्सान था, वहीं अब्बास एकदम धूर्त, चालबाज और दुष्ट था। दोनों पढ़-लिखकर बड़े हो गये। बहुत प्रयास करने पर भी नौकरी नहीं मिली। दोनों ने तय किया कि कोई अपना निजी व्यवसाय शुरू किया जाय।

अब्बास ने शाकिर के सामने साझे में व्यवसाय शुरू करने का प्रस्ताव रखा। शाकिर ने मना कर दिया। उसने कहा, "साझे का काम शैतान का। कितनी भी अच्छी दोस्ती हो, साझे में काम शुरू कर दो, दुश्मनी हो जाएगी। बेहतर यही होना कि हम दोनों अलग-अलग अपना काम शुरू करें।" शाकिर को पता था कि अब्बास बहुत दंद-फंद में माहिर आदमी है और कभी भी साफ सुथरा काम नहीं करेगा।

शाकिर ने बीड़ी का व्यवसाय शुरू किया तो अब्बास ने गरम मसाले का। शाकिर ने बीड़ी बनवाकर और उसकी पैकिंग कराकर बेचना शुरू किया। काम चल निकला। अब्बास गरम मसालों को पिसवाकर उनकी पैकिंग कराने लगा। शुरूआत में उसने मसालों की गुणवत्ता पर भरपूर ध्यान दिया। धीरे-धीरे 'अब्बास मसाले' बाजार में लोकप्रिय होने लगे। एक शहर में ही 'शाकिर बीड़ी' और 'अब्बास मसाले' अपना परचम फहराने लगे।

शाकिर पूरी ईमानदारी से अपना व्यवसाय कर रहा था, लेकिन अब्बास अपनी फितरत से कहाँ बाज आने वाला था। अब्बास ने धीरे-धीरे धनिया में घोड़े की लीद, लाल मिर्च में पिसी ईंट और काली मिर्च में पपीते का बीज मिलाना शुरू कर दिया। भोजपुरी में एक कहावत है कि 'नामी बनिया क झाँट बिकाला'। एक बार 'अब्बास मसाले' का जो नाम हो गया था तो हो गया था। पैकेट में चाहे जो हो सब बिक रहा था।

एक बार जाँच टीम ने 'अब्बास मसाले' की फैक्ट्री पर छापा मार दिया। सारी मिलावटखोरी पकड़ी गयी। अब्बास को पुलिस ने गिरफ्तार कर लिया। शाकिर ने अखबार में यह खबर पढ़ी तो एक लम्बी साँस छोड़ी, "यह तो होना ही था। अब्बास जिस तरह का आदमी था, उसमें यही सब होना था। अच्छा हुआ जो मैंने उसके साथ व्यवसाय नहीं किया। मैं अपना ईमान नहीं खराब करूँगा और उसके बचाव में कहीं नहीं जाऊँगा।"

अब्बास को जब पुलिस अदालत में पेश करने वाली थी तो उसे मीडियावालों ने घेर लिया। अब्बास बोला, "मेरी कम्पनी में सब साफ-सुथरा और एक नम्बर का काम होता है। मुझे सिर्फ इसलिए फँसाया जा रहा है, क्योंकि मैं मुसलमान हूँ। इस देश में मुसलमानों की कोई सुनवाई नहीं है। उनके ऊपर चाहे जो अत्याचार किया जाय, कोई पूछने वाला नहीं है।"

फिर क्या था? अगले दिन से सारे हिन्दू नेता और हिन्दू बुद्धिजीवी अब्बास के समर्थन में उठ खड़े हुए। जगह-जगह धरना प्रदर्शन होने लगे। जगह-जगह रैलियाँ निकलने लगीं। सरकार पर आरोप लगने लगा, "सरकार हिन्दू साम्प्रदायिक शक्तियों को बढ़ावा देने पर लगी है और देश के धर्मनिरपेक्ष ताने-बाने को तहस-नहस करने पर उतारू है। सरकार ने अब्बास के ऊपर से सारे फर्जी आरोप वापस न लिये और उसे बाइज़्ज़त रिहा नहीं किया गया तो देश की ईंट से ईंट बजा दी जाएगी।" देश भर में आन्दोलन और हंगामा होने लगा। सरकार को साँप सूँघ गया। देश के धर्मनिरपेक्ष ताने-बाने को बनाये रखने के लिए अब्बास के ऊपर से सारे आरोप वापस ले लिये गये और उसे रिहा कर दिया गया। शाकिर स्तब्ध होकर सारा तमाशा देखता रहा।

चीनी समझौता

हरिमन गाँव में रहता था और बाल काटने का धन्धा करता था। बाल काटने से उसकी पर्याप्त कमाई हो जाती थी। गाँव में रहते हुए अपने परिवार का ठीक से भरण-पोषण कर लेने में उसे कोई दिक्कत नहीं होती थी। उसके पास एक बीघा खेत भी था, जो घर से पर्याप्त दूर था। हरिमन ने अपना खेत अपने पट्टीदार जीतन को अधिया पर दे रखा था। जीतन हरिमन के खेत में खेती करता और उपज का आधा हरिमन को दे देता। खेती करने के लिए जीतन ने कई लोगों का खेत अधिया पर ले रखा था।

हरिमन को धोखा देते हुए जीतन ने एक अजीब पैंतरा खेला। एक दिन उसने रातोंरात हरिमन के खेत में एक बड़ी सी झोपड़ी बना ली और परिवार सहित उसमें रहने लगा। हरिमन को पता चला तो वह भागा-भागा अपने खेत पर पहुँचा। जीतन झोपड़ी के बाहर चारपाई डाले उसी पर बैठा था। हरिमन बोला, ''जीतन, तुमने यह कौन सी लीला फैला रखी है? हटाओ मेरे खेत में से झोपड़ी। मैं तुम्हें अपना खेत अधिया पर नहीं दूँगा।'' जीतन बोला, ''कैसा तुम्हारा खेत? यह खेत तो मेरा है। यह खेत कहाँ है? यह तो आबादी की जमीन है, जिस पर मेरा कई साल से घर है।'' हरिमन चिल्लाया, ''बेईमानी करते हुए तुम्हें शर्म नहीं आ रही है? तुम्हें नहीं पता है कि यह किसका खेत है?'' जीतन ने कहा, ''यह किसी का खेत नहीं है। यह तो मेरा घर है और उसके चारों तरफ मेरी जमीन है। जाओ तुमसे जो करते बने कर लो।''

हरिमन पैर पटकता हुआ चला आया। उसने गाँव के कई लोगों के सामने अपना दुःखड़ा रोया और मदद की माँग की। सबने यही कहा कि यह दो पट्टीदारों के बीच का आपसी मामला है। दोनों लोग आपस में सुलझा लो। मैं इसमें बीच में कैसे बोल सकता हूँ?

हरिमन ने जीतन पर मुकदमा कर दिया। मुकदमा चलने लगा।

मुकदमे में तारीख पर तारीख लग रही थी। दस साल बीत गये। हरिमन परेशान हो गया। जिस दिन तारीख लगती थी, उसे किराया-भाड़ा खर्च करके शहर जाना पड़ता था कचहरी में। उसका दिन भर धंधे का भी नुकसान होता। कचहरी में वकील को पैसा देना पड़ता, सो अलग।

मुकदमे से पिंड छुड़ाने के लिए हारकर हरिमन ने गाँव में पंचायत बुलायी। गाँव के सरपंच के यहाँ पंचायत बैठी। पंचायत के सामने दोनों पक्षों ने अपनी-अपनी बात रखी। दोनों सिद्ध करने लगे कि जमीन मेरी है। दोनों की बात पूरी हो जाने के बाद पंच लोग आपस में विचार-विमर्श करने लगे।

कुछ देर बाद सरपंच बोले, ''दो पक्षों में समझौता तभी सम्भव हो पाता है, जब दोनों पक्ष थोड़ा-थोड़ा झुकें। दोनों पक्ष दावा कर रहे हैं कि जमीन मेरी है। जमीन कुल एक बीघा है। पंच चाहते हैं कि दोनों व्यक्ति आधा-आधा बीघा जमीन ले लें और आपस में प्रेमपूर्वक रहें।'' जीतन का मन बाल्लियों उलछ पड़ा। उसे मुफ्त में आधा बीघा जमीन मिल रही थी। वह रुँआसी सूरत बनाकर बोला, ''ऐसे कैसे मैं अपनी आधा बीघा जमीन दे दूँ। जमीन तो मेरी है।'' सरपंच ने उसे डाँटते हुए कहा, ''गाँव में सब को पता है कि वह जमीन किसकी है। चुपचाप आधा बीघा जमीन हरिमन को दे दो। दोनों पक्ष थोड़ा-थोड़ा झुकें।'' हरिमन मुँह खोले सारा तमाशा देख रहा था। उसे समझ में नहीं आ रहा था कि वह आधा झुका है या पूरा?''

मरने का जशन

कार्तिकेय को उच्च शिक्षा निदेशालय से दर्शनशास्त्र के प्रवक्ता की नौकरी मिल गयी। नौकरी तदर्थ प्रवक्ता की थी और सशर्त थी। शर्त यह थी कि लोकसेवा आयोग से चयनित होकर स्थायी प्रवक्ता के आने पर उन्हें सेवा से हटा दिया जाएगा। कार्तिकेय प्रसन्न थे। उनका मानना था कि सरकारी नौकरी बस एक बार मिल जाए, फिर वह जाती-वाती नहीं है। उन्हें शहीद स्मारक राजकीय महाविद्यालय मुहम्मदाबाद, गाजीपुर में तैनाती मिल गयी और वे प्रसन्नता से नौकरी करने लगे।

दो-तीन साल बीता तो प्रदेश भर के तदर्थ प्रवक्ता स्थायी किये जाने के लिए आंदोलन करने लगे। चुनाव नज़दीक आ गया था और तदर्थ प्रवक्ताओं का मानना था सरकार पर दबाव डालने का यह सबसे सुनहरा मौका है।

तभी एक गड़बड़ हो गयी। लोक सेवा आयोग ने राजकीय महाविद्यालयों के लिए स्थायी प्रवक्ताओं का चयन कर डाला। तदर्थ प्रवक्ताओं को कँपकपी छूट गयी। उन्हें लगा कि नौकरी तो गयी हाथ से। अपनी नौकरी बचाने के लिए वे सामूहिक रूप से उच्च न्यायालय की शरण में पहुँच गये।

उच्च न्यायालय ने निर्णय दिया कि सरकार तदर्थ प्रवक्ताओं के साथ नरमी बरते। प्रदेश में अगर सम्बद्ध विषय में कहीं भी पद खाली हो तो स्थायी प्रवक्ताओं की नियुक्ति वहाँ की जाय। तदर्थ प्रवक्ता को तभी नौकरी से निकाला जाय, जब उस विषय में प्रदेश में कहीं पर भी पद खाली न हो।

दर्शनशास्त्र में पूरे प्रदेश में एक भी पद खाली नहीं था और उस विषय में भी एक स्थायी प्रवक्ता लोक सेवा आयोग से चुनकर आया था। तय हो गया कि कार्तिकेय की नौकरी चली जाएगी। कार्तिकेय घबराकर उच्च शिक्षा निदेशालय भागे।

निदेशक, संयुक्त शिक्षा निदेशक, उप शिक्षा निदेशक, सहायक शिक्षा निदेशक सब के पास वे दौड़ने लगे। सब ने उनसे सहानुभूति प्रदर्शित की और कुछ न कुछ करने का आश्वासन दिया। कार्तिकेय समझ गये कि सब उन्हें टरका रहे हैं क्योंकि ठोस आश्वासन कोई नहीं दे रहा था।

हारकर वे बाबुओं की शरण में पहुँचे। यह सब काम डिग्री सेवा अनुभाग के बाबू देखते थे। डिग्री सेवा अनुभाग में दस बाबू थे। उन्होंने सारे बाबुओं को अपनी व्यथाकथा सुनायी और उनसे सहयोग माँगा। बाबुओं ने सहयोग का आश्वासन दिया, लेकिन उन्होंने दक्षिणा की माँग की। कार्तिकेय ने आश्वासन दिया, ''यदि मेरा काम हो गया तो यहाँ के सारे बाबुओं को मैं एक-एक हजार रुपये दूँगा, साथ में मिठाई भी खिलाऊँगा।''

अब कार्तिकेय रोज डिग्री सेवा में आ जाते और दो-तीन घंटे बैठे रहते। बाबू लोग बराबर उन्हें मदद का आश्वासन दे रहे थे। कार्तिकेय मायूस थे। उन्हें बाबू लोग मदद की दिशा में कुछ करते दिख नहीं रहे थे।

एक दिन कार्तिकेय जैसे ही डिग्री सेवा में पहुँचे, सारे बाबुओं ने उन्हें घेर लिया और चिल्लाने लगे, ''बधाई हो डॉक्टर साहब, बधाई हो!'' कार्तिकेय खुश होकर पूछा, ''क्या हुआ?'' बड़े बाबू बताने लगे, ''आज रात में ज्ञानपुर राजकीय महाविद्यालय के दर्शन विभाग के अध्यक्ष डॉ. यज्ञदेव की हृदयगति रुक जाने से मौत हो गयी। दर्शनशास्त्र का एक पद खाली हो गया। अब आपकी नौकरी नहीं जाएगी, चलिए सड़क पर वहाँ मिठाई की दुकान पर हम लोगों को मिठाई खिलाइए।''

कार्तिकेय यज्ञदेव को अच्छी तरह जानते थे। यज्ञदेव दर्शनशास्त्र के बहुत बड़े विद्वान थे। उनकी मौत की खबर सुनकर कार्तिकेय को झटका लगा तभी उनके मरने से होने वाले फायदे की याद आ गयी। सारे बाबुओं के साथ कार्तिकेय खुशी-खुशी बाहर चल दिये। मिठाई की दुकान पर बैठकर सब लोग हल्ला-गुल्ला करने लगे। कुछ ही देर में डॉ. यज्ञदेव के मरने का जश्न चालू हो गया।

कुत्ते की दुम टेढ़ी की टेढ़ी

शिवमंगल धार्मिक किस्म के व्यक्ति थे। पत्नी और बच्चों सहित शहर में रहते थे। किसी अच्छे पद पर नौकरी कर रहे थे, घर में पैसे की कोई कमी नहीं थी। पाखण्ड, अन्धविश्वास आदि उन्हें बहुत प्रिय थे। कोई न कोई कर्मकाण्ड और अनुष्ठान उनके घर में होता ही रहता। उनके घर से अच्छा-खासा पैसा पण्डितों की जेब में जाता था। एक से एक विकट और विकराल वेशभूषाधारी तांत्रिक-मांत्रिक उनके ड्राइंगरूम की शोभा बढ़ाते थे।

कपड़ा धोने की एक मशीन लेने के लिए पत्नी उनसे काफी दिनों से जिद कर रही थी। वे भी मन बना रहे थे। तभी धनतेरस आ गया। अखबारों में निकलने लगा कि ऐसे महान शुभ संयोगोंवाला धनतेरस एक हजार साल बाद आ रहा है। धनतेरस के दिन जो भी खरीदारी करेगा ढंग से, लक्ष्मी उसके घर का छप्पर फाड़ डालेंगी। शिवमंगल और उनकी पत्नी, दोनों धनतेरस को एक महँगा वाशिंग मशीन खरीदने के लिए व्यग्र हो उठे।

धनतेरस के दिन शिवमंगल शाम को चार बजे बाजार चल दिये। उन्हें पता था कि आज चारों तरफ बहुत भीड़-भाड़ होगी। कार से जाना ठीक नहीं रहेगा। बाजार के लिए उन्होंने पैदल ही कूच कर दिया।

सचमुच बड़ी भीड़ थी। अखबारों में शुभ मुहूर्त के बारे में पढ़कर लग रहा था, पूरा शहर ही सड़क पर उतर आया है। हर सड़क कारों और मोटरसाइकिलों से पटी हुई। चारों तरफ जाम ही जाम। ऐसे जाम में किसी तरह रास्ता बनाते शिवमंगल पैदल ही निकले जा रहे थे। उनके घर से दुकान चार किलोमीटर दूर थी। शिवमंगल दुकान पर पहुँच गये।

शिवमंगल ने अस्सी हजार की एक बढ़िया वाशिंग मशीन खरीदी। बड़ी मुश्किल से एक रिक्शेवाली लकड़ी की ट्राली मिली। उन्होंने उस पर वाशिंग मशीन को लदवाया। पैदल जाने की उनकी हिम्मत नहीं रह गयी थी। कोई वाहन भी नहीं

मिल पा रहा था भीड़ में। हारकर वे ट्राली में ही फ्रिज के बगल बैठ गये। ट्राली वाला पैडल मारते हुए चल दिया। उस जाम में ट्राली इंच-इंच खिसक रही थी। दो घंटे में एक किलोमीटर का रास्ता तय हुआ।

अचानक ट्राली में पीछे से एक कार ने तगड़ा धक्का दे दिया। शिवमंगल वाशिंग मशीन के साथ जमीन पर जा गिरे। वाशिंग मशीन ऊपर शिवमंगल नीचे। किसी तरह ट्राली वाले ने वाशिंग मशीन सहित शिवमंगल को फिर से ट्राली पर लादा। रात दस बजे वे घर पहुँचे। वाशिंग मशीन को घर पर रखवाकर पत्नी के साथ अस्पताल गये।

उन्हें अस्पताल में भर्ती कराना पड़ा। एक हड्डी टूट गयी थी। अस्पताल में कुछ दिनों तक लेटे-लेटे वे यही सोच रहे थे, 'मुझे चोट लग गयी तो क्या हुआ? अब घर में लक्ष्मी छप्पर फाड़कर बरसेंगी।'

असली प्रतिभाशाली

चरित्रदेव का बेटा वैभव आठवीं कक्षा में था। पढ़ने में बहुत अच्छा था। हमेशा अपनी कक्षा में प्रथम आता था। चरित्रदेव को अपने बेटे पर बड़ा गर्व था। जो भी उनके घर आता, उससे वह अपने बेटे की तारीफ़ जरूर करते।

काफी सालों के बाद एक दिन चरित्रदेव के पुराने मित्र, महिमावन्त उनके घर आये। चाय-पानी के बाद चरित्रदेव ने अपने बेटे वैभव को बुलाया। महिमावन्त बहुत ही विद्वान व्यक्ति थे और चरित्रदेव उनको अपने बेटे की योग्यता दिखना चाहते थे। वैभव आ गया तो चरित्रदेव ने उससे कहा, ''बेटा अंकल का पैर छुओ। अंकल बहुत बड़े विद्वान हैं।'' वैभव ने अच्छे बच्चे की तरह महिमावन्त के पैर छुए। चरित्रदेव बड़े गर्व भरे स्वर में महिमावन्त को बताने लगे, ''भाई साहब, मेरा बेटा बहुत ही तेज और प्रतिभाशाली है। आप इससे किसी भी देश की राजधानी का नाम पूछिए। देश की किसी भी ऐतिहासिक घटना के बारे में पूछिए, यह फौरन बता देगा। इसकी परीक्षा लेकर देखिए।'' महिमावन्त वैभव की परीक्षा लेने लगे। उन्होंने उससे कई देश की राजधानियों के नाम पूछे, कई ऐतिहासिक घटनाओं के बारे में पूछा, उसने सब कुछ सही-सही बता दिया।

अन्त में महिमावन्त ने उससे एक अलग सवाल पूछा, ''मान लो तुम्हारे मम्मी पापा में झगड़ा हो जाय और दोनों अलग-अलग रहने का निर्णय ले लें। ऐसी स्थिति में तुम क्या करोगे?'' वैभव एकदम चुप। उसके मुँह पर जैसे ताला लग गया। महिमावन्त ने उससे कहा, ''शाबास बेटा शाबास! तुम पढ़ने में बहुत अच्छे हो। जाओ अन्दर!'' वैभव घर के अन्दर चला गया।

महिमावन्त चरित्रदेव से बोले, ''आपका बच्चा पढ़ने में बहुत अच्छा है, इसमें कोई दो राय नहीं। मैं जो कुछ आपसे कहने जा रहा हूँ उसका बुरा मत मानिएगा। दरअसल आपके बच्चे ने बहुत सारी सूचनाएँ रट रखी हैं। बहुत सारी सूचनाएँ पता होना, प्रतिभाशाली होने का लक्षण नहीं है। प्रतिभाशाली वह होता है जो अपने

मौलिक चिन्तन से समस्याओं का सर्वथा नवीन और उपयुक्त समाधान खोज लेता है। दुर्भाग्य से हमारे देश में जिसको बहुत सारी सूचनाएँ रटी होती हैं, उसको प्रतिभाशाली माना जाता है। असली प्रतिभाशाली को खोजने की कोशिश नहीं होती इसीलिए दुनिया के असली प्रतिभाशालियों के सामने हमारे प्रतिभाशाली टिक नहीं पाते।''

रईस

गाँव में ठाकुर भँवर सिंह और ठाकुर रणधीर सिंह की दुश्मनी जगजाहिर थी। दोनों के बीच दुश्मनी का कोई खास कारण नहीं था। बस, एक दूसरे पर अपना वर्चस्व स्थापित करने की होड़ में दोनों एक दूसरे के दुश्मन बन बैठे थे। न भँवर सिंह के आगे रणधीर सिंह झुकने को तैयार थे और न रणधीर सिंह के आगे भँवर सिंह झुकने को तैयार थे। एक दूसरे पर बढ़त लेने के लिए दोनों हमेशा कोई न कोई तरकीब खोजते रहते। एक के घर की सूचना दूसरे के घर पहुँचाकर कान फूँकनेवालों की चाँदी थी।

रणधीर सिंह को जलाने के लिए भँवर सिंह ने एक नयी और महँगी स्कार्पियों कार खरीदी। रणधीर सिंह के पास कोई कार नहीं थी। यह सूचना जैसे ही कनफुकवों ने रणधीर सिंह के पास पहुँचायी, वे सचमुच जल-भुनकर राख हो गये। रात में उन्होंने अपने चारों बेटों को अपने पास बैठाया और बड़ी गम्भीरता से भँवर सिंह की इस चाल की काट खोजने लगे। उनके सारे लड़के अठारह साल से ऊपर हो गये थे। लड़कों का खून भी बाप की ही तरह गरम था। सब बड़े तैश में विचार-विमर्श कर रहे थे।

बड़े बेटे ने कहा, ''मेरे पास एक बहुत ही जोरदार विचार है। आप लोग इसको गहराई से सोचने का प्रयास करिए। हम लोग ठीक वही कार खरीदते हैं, जो भँवर सिंह ने खरीदी है। कार को घर के पास स्थायी रूप से खड़ी कर देते हैं। उसके बाद कार के चारों तरफ लौकी के बीज बो देंगे। लौकी के पौधे जब उग आयेंगे तो हम उन्हें कार पर चढ़ा देंगे। कार पर लौकी फलेगी। हम सबसे कहेंगे कि जिस कार पर बैठकर भँवर सिंह चलते हैं उस पर तो हमारे घर लौकी की बेल चढ़ाई जाती है। उसके बाद चढ़ने के लिए हम उससे महँगी कार खरीद लेंगे।'' एक-एक कर सबको विचार अच्छा लगा।

कुछ ही दिनों में उसी रंग और उसी दाम की स्कार्पियो कार रणधीर सिंह के घर भी आ गयी, जो भँवर सिंह के पास थी। लोग रणधीर सिंह को कार खरीदने

पर बधाई देने लगे। रणधीर सिंह मुस्कराते हुए सबकी बधाई स्वीकार कर रहे थे। उन्होंने किसी को अपनी योजना की भनक नहीं लगने दी।

कुछ ही दिनों में कार पर लौकी की बेल चढ़ने लगी। लोग आश्चर्यचकित रह गये। इतनी बड़ी रईसी? भँवर सिंह तक बात पहुँची तो उन्हें विश्वास नहीं हुआ। समाचार की सत्यता निश्चित हो जाने पर उनका खून जम गया। मेरा इतना बड़ा अपमान? कुछ ही दिनों बाद कार से लौकियाँ लटकने लगीं।

अब रणधीर सिंह ने एक स्कार्पियों से महँगी कार खरीद ली। गाँववालों ने रणधीर सिंह की रईसी का लोहा मान लिया।

पाँच रस्में

कमलिनी पर्याप्त अवगुण सम्पन्न महिला थी। निहायत ही कर्कशा, बदतमीज, उद्दंड और झगड़ालू। मतलब यह कि 'करम के फूटे नारि ऐसी घर आवती।' देवांग नाम के एक व्यक्ति को उसका पति बनने का दुर्भाग्य प्राप्त हुआ था।

देवांग आयकर विभाग में बहुत बड़े अधिकारी थे। हराम की कमाई में एकदम निष्णात्। दोनों हाथ से पैसा लूट-लूटकर उन्होंने एक नहीं कई घर भर डाले थे। सन्तानें कुल चार थीं। तीन बेटियाँ और एक बेटा। बेटा सबसे छोटा था।

देवांग ने अपनी बड़ी बेटी की शादी एक उच्च पदस्थ लड़के से कर दी। बेटी सुखपूर्वक अपनी ससुराल में रहने लगी। इधर कमलिनी को झेलते-झेलते देवांग बेहाल हो चुके थे। अन्ततः अपनी पत्नी को झेल पाने में असमर्थ होकर, पचपन साल की उम्र में वे यह संसार छोड़कर भाग खड़े हुए।

कमलिनी को कोई चिन्ता नहीं थी। देवांग अकूत सम्पत्ति छोड़कर गये थे। उसने अपनी दूसरी बेटी की शादी भी एक जगह धूमधाम से कर दी। वह अपनी आदत से लाचार थी। शादी के दो साल बाद ही उसने अपनी बेटी को पति और सास के विरुद्ध भड़काना शुरू कर दिया। परिणाम यह हुआ कि उसकी दूसरी बेटी अपने पति और सास से लगातार युद्धरत रहने लगी। फिर क्या था! कमलिनी भी अपनी बेटी की ससुराल जाकर उसकी तरफ से मोर्चा सम्हालने लगी। अन्ततः कमलिनी ने अपनी बेटी को उसके पति से तलाक दिलवा दिया।

अब आयी तीसरी और अन्तिम बेटी की बारी। कमलिनी ने उसकी भी शादी कर दी। अपनी आदत से लाचार वह फिर आग लगाने लगी। तीसरी बेटी की भी अपने पति और अन्य ससुराल वालों से अनबन रहने लगी। वह झगड़ा करने में पारंगत नही थी, अतः उसकी तरफ से कमलिनी खुद उसकी ससुराल जाकर सबका बाजा बजाने लगी। उसने अपनी तीसरी बेटी को भी तलाक दिलवाकर ही दम लिया।

दो बेटियाँ कमलिनी के साथ ही रह रही थीं। कमलिनी अपने बेटे के लिए एक सुघड़ और सुन्दर बहू खोजने लगी। अपने मन-मुताबिक उसने एक अच्छी सी

लड़की को अपने बेटे के लिए चुना। खूब धूमधाम से बेटे की शादी हुई। कमलिनी हर रस्म में नाच नाचकर रख दे रही थी। उसकी खुशी की कोई सीमा नहीं थी।

बहू घर आ गयी। साल भर बीतते-बीतते कमलिनी ने उसका झोंटा पकड़कर उसे लतियाना शुरू कर दिया। बहू सारे अत्याचार सहकर भी ससुराल में पड़ी थी। उफ् तक नहीं कर रही थी। कमलिनी का पारा और चढ़ गया। वह बहू को और सताने लगी। अन्ततः उसने अपने बेटे को आज्ञा दी कि इस लड़की से तलाक ले ले। बेटा आज्ञाकारी और अच्छे बेटे की तरह तैयार हो गया। बहू को मायके भेज दिया गया। तलाक के लिए मुकदमेबाजी शुरू हो गयी।

कमलिनी की दूसरी बेटी अपनी माँ के साथ इस तरह एकाकी रहते-रहते माँ से चिढ़ने और कुढ़ने लगी थी। उसे रह-रहकर अपने पति की याद आती थी। एक दिन घर में सब साथ बैठे बातें कर रहे थे। दूसरी बेटी ने कमलिनी से कहा, ''माँ और सब के यहाँ तो शादी में चार ही रस्में होती हैं, लेकिन तुम अपने यहाँ शादी में पाँच रस्में करती हो। बड़ी दीदी की शादी पापा करके गये थे, इसलिए उनकी भी शादी में चार ही रस्में हो पायी थीं।'' ''कौन पाँच और चार रस्में?'' कमलिनी ने पूछा। बेटी बोली, ''सबके यहाँ तो शादी में चार रस्में होती हैं—वरीक्षा, तिलक, शादी और बहू के आने पर उसके स्वागत में भोज। तुम पाँच रस्में करती हो—वरीक्षा, तिलक, शादी, बहूभोज और तलाक।''

बहन कैसी हो?

भवन के तीन बेटे थे—विकल्प, संकल्प और प्रकल्प। भवन की पत्नी दिवंगत हो चुकी थीं। भवन बड़े बेटे विकल्प और सबसे छोटे बेटे प्रकल्प के साथ शहर में रहते थे। घर अपना था। विकल्प की शादी हो गयी थी और उसके दो बच्चे भी थे। संकल्प की भी शादी हो चुकी थी और वह भी अपनी पत्नी के साथ उसी शहर में रहता था। भवन का घर पर्याप्त बड़ा था, जिसमें अपने परिवार के साथ संकल्प भी रह सकता था परन्तु पति-पत्नी को अपनी स्वतंत्रता में खलल पसंद नहीं था, अतः वे अलग रहते थे। संकल्प की पत्नी शांता निहायत बदतमीज और उजड्ड किस्म की थी। संयुक्त परिवार में उसका निर्वाह हो ही नहीं सकता था।

कुछ दिनों बाद भवन ने प्रकल्प की शादी भी रवीना नाम की एक लड़की से कर दी। रवीना निहायत ही कामचोर थी। स्वभाव से वह ऐसी तेज़तर्रार और झगड़ालू किस्म की थी कि बड़े-बड़े उससे पनाह माँग लेते। वह भी अलग रहने के लिए बहुत छटपटाई लेकिन अपने पति प्रकल्प की कमजोर आर्थिक स्थिति के कारण मन मसोसकर उसे संयुक्त परिवार में ही रहना पड़ा।

एक बार भवन के गाँव में मांगलिक उत्सव पड़ गया। उनके भाई के बेटे की शादी थी। उन्होंने सब को एक सप्ताह के लिए गाँव चलने का आदेश दिया। सब गाँव पहुँच गये। संकल्प को भी अपनी पत्नी शान्ता के साथ गाँव पहुँचना पड़ा और भी बहुत रिश्तेदार जुट गये। गाँव के घर में खूब चहल-पहल हो गयी।

शान्ता को अपने बदतमीज और उजड्ड स्वभाव पर गर्व था तो रवीना भी अपने को बहुत बड़ा तोपची समझती थी। दोनों में बात-बात पर भिड़न्त होने लगी। ऐसा लग रहा था कि जैसे दोनों बहुत दिनों से एक दूसरे को आजमाने के लिए लालायित थीं। बड़े हमेशा दोनों का झगड़ा सुलझाने में ही व्यस्त रहते। दोनों इतनी तेज-तेज आवाज़ में इतनी देर तक भिड़ी रहतीं कि बड़े परेशान हो जाते। हाँ, छोटों को दोनों के झगड़े में बड़ा आनन्द आता। उन सब का मुफ्त में मनोरंजन होता।

दोनों की एक छोटी ननद थी। वह अपनी दोनों भाभियों के स्वभाव से भलीभाँति परिचित थी। दोनों जब लड़ने लगतीं तो वह चुपचाप बैठकर तमाशा देखती। उसके कलेजे को बहुत ठंडक पहुँचती और उसे बहुत सुख मिलता।

धीरे-धीरे शान्ता की समझ में आने लगा कि वह सेर है तो रवीना सवा सेर। रवीना अक्सर झगड़े में बढ़त ले लेती थी। धीरे-धीरे रवीना की प्रतिभा से शान्ता को चिढ़ और जलन होने लगी। उसने मुँह फुला लिया और रवीना से बोलना बन्द कर दिया। रवीना भी शान्ता से बात करने के लिए उतावली नहीं थी। उसने भी शान्ता से बोलना छोड़ दिया।

शादी हो गयी। सारे रिश्तेदार अपने-अपने घरों को लौटने लगे। संकल्प और शान्ता भी शहर लौट आये। शान्ता संकल्प से लगी रवीना की बुराई करने, ''बाप रे! ऐसी चांडाल औरत तो मैंने अपनी जिन्दगी में नहीं देखी। सब मुझको ही दुष्ट कहते हैं। वह तो मेरी नानी है। बात-बात में मेरा मुँह नोचने को तैयार रहती थी। मेरा जीना हराम कर दिया। उस औरत को कोई नहीं झेल सकता। मैंने तो उससे बोलना ही बन्द कर दिया और कभी नहीं बोलूँगी।'' संकल्प बोले, ''तुम मूर्ख हो! अरे सोचो, जब उसने तुम्हें अघवा दिया तो भाभी की क्या दशा करती होगी? वह तो तुम्हारे बड़े काम की है। तुम्हारी तरफ से वह वहाँ भाभी की खूब दुर्दशा कर रही होगी। वह तो तुम्हारी सगी बहन की तरह है।'' शान्ता का दिमाग एकदम से घूम गया। इस बारे में तो उसने सोचा ही नहीं था। उसने थोड़ी देर तक सोचा और तुरन्त रवीना को फोन मिलाया। उधर से हलो की आवाज आते ही शान्ता चहक पड़ी, ''मैं शान्ता बोल रही हूँ। और बहन रवीना, कैसी हो?''

विटामिन

चिदम्बर सिंह गाँव के प्रतिष्ठित व्यक्तियों में थे। उनके पास पर्याप्त खेती-बाड़ी थी, जिससे उनके परिवार का जीवन-यापन अच्छे ढंग से हो जाता था।

एक बार उनके गाँव में शहर से एक कृषि-विशेषज्ञ आये। उन्होंने गाँव वालों को समझाया कि आप लोग पारम्परिक खेती करते हैं, इसलिए आप लोगों का जीवन स्तर नहीं सुधर रहा है। आप लोग आर्थिक खेती करिए। ऐसी चीजें बोइए, जो बाजार में महँगी हों। उससे आपको अच्छा फायदा होगा और आपकी आमदनी बढ़ेगी। गाँववालों को उनकी बात अच्छी लगी। चिदम्बर ने उनसे पूछा, "मेरे पास चार बीघे का एक खेत है, जिसमें कुछ खास पैदा नहीं होता। मैं उसमें ऐसी कौन सी चीज बोऊँ जिससे मुझे अच्छा फायदा हो?" कृषि-विशेषज्ञ ने उन्हें सुझाव दिया, "उस खेत में आप आँवलों का बाग लगवा दीजिए। आँवले के लिए बहुत उपजाऊ और अच्छे खेत की जरूरत नहीं होती। आप आँवले की खेती से मालामाल हो जाएँगे।"

चिदम्बर सिंह को यह विचार बहुत पसन्द आया। उन्होंने अपने उस खेत में अच्छे किस्म के आँवले के दो सौ पेड़ लगवा दिये। पेड़ों को बहुत सिंचाई या खाद देने की जरूरत नहीं पड़ रही थी। पेड़ धीरे-धीरे खुद ही बढ़े चले आ रहे थे।

कुछ ही सालों में पेड़ फल देने लगे। आँवलों के पेड़ों में फलों को देखकर चिदम्बर सिंह की खुशी दुगुनी हो जाती। कुछ साल तक वे आँवलों को तुड़वाकर गाँववालों में मुफ्त ही बँटवाते रहे। धीरे-धीरे पेड़ काफी बड़े हो गये।

उस साल सारे पेड़ आँवलों से बहुत ही ज्यादा लद गये। सौ बोरे से ऊपर आँवला रहा होगा। चिदम्बर सिंह की बाँहें खिल गयीं। वे इसी का इन्तज़ार कर रहे थे। उस साल उन्होंने आँवला बेचने का मन बनाया।

उन्होंने एक आढ़तिये को बुलाकर अपना बाग दिखाया। आढ़तिया बोला, "फसल तो अच्छी हुई है। बताइए क्या लेंगे?" चिदम्बर सिंह बोले, "मैं क्या बताऊँ कि क्या लूँगा? तुम बताओ कि सारे आँवले को तुम कितने में खरीदोगे?"

"यही कोई दो हजार रुपये दूँगा मैं।"

"सिर्फ दो हजार रुपये?" चिदम्बर को जैसे किसी ने आसमान से जमीन पर पटक दिया हो। "आप क्या जानें इसको बेचने में कितनी मेहनत लगेगी। एक दिन में तो सारा आँवला बिक नहीं जाएगा। अपने परिवार के किसी लड़के को कहूँगा कि वह बाग में एक झोपड़ी डाल ले और चौबीसों घंटे बाग की रखवाली करे। रोज थोड़ा-थोड़ा आँवला तोड़कर बाजार में बेचूँगा। रोज खेत से बाजार तक आँवला ले जाने का खर्च अलग। जो चौबीसों घंटे झोपड़ी डालकर बाग में रहेगा उसको खाना-पीना पहुँचाने का झंझट अलग। फल का बाग खरीदकर फल बेचने में कितनी झंझट होती है, हमी लोग जानते हैं।"

चिदम्बर सिंह ने अपना आँवला बेचने से मना कर दिया। उन्होंने कई आढ़तियों से बात की। दो, ढाई और तीन हजार से ज्यादा कोई बोली लगाने वाला नहीं मिला। चिदम्बर सिंह खिसिया गये।

उन्होंने गाँववालों से कह दिया कि मेरे आँवले के बाग से जो जितना चाहे, उतना आँवला तोड़कर ले जा सकता है। गाँववाले धीरे-धीरे अपने जरूरत के हिसाब से आँवला तोड़-तोड़कर ले जाने लगे। उन्होंने किसी फल बेचनेवाले को अपने बाग में घुसने नहीं दिया। एक दिन गाँव का एक व्यक्ति चिदम्बर सिंह से बोला, "आँवला बड़ा गुणकारी फल होता है। उसमें बहुत सारे विटामिन होते हैं।" चिदम्बर सिंह ने उत्तर दिया, "आँवला जब तक किसान के बाग में रहता है, उसमें कोई विटामिन नहीं होता। जब वह बाजार में बिकने के लिए पहुँचता है, तब उसमें सारे विटामिन घुसते हैं।"

कैकेयी का अपयश

बंसू का घर गाँव में था। उसके दो बेटे थे और एक बेटी। बेटी सबसे बड़ी थी और उसकी शादी हो चुकी है। बड़ा बेटा—बड़ेलाल उसके साथ ही गाँव में रहता था और खेती-गृहस्थी में उसका हाथ बटाता था। छोटा बेटा—छोटेलाल शहर में रहकर पढ़ाई कर रहा था।

कुछ दिनों बाद बंसू ने बड़ेलाल की शादी कर दी। दरअसल दो साल पहले बंसू की पत्नी का निधन हो गया था। घर में चना-चबैना और रोटी-पानी की दिक्कत होने लगी। दो साल तक तो बंसू और बड़ेलाल ने किसी तरह चूल्हा फूँका, लेकिन खेती-बाड़ी के काम में अकाज होने लगा। बंसू को भलाई इसी में नजर आयी कि बड़ेलाल की शादी कर दी जाय।

बड़ेलाल की पत्नी भुल्लू बड़ी सुघड़ थी। आते ही उसने घर-गृहस्थी को कायदे से सँभाल लिया और सब कुछ व्यवस्थित कर दिया। छोटेलाल का भी वह कायदे से ध्यान रखती थी। गाँव से शहर पच्चीस-तीस किलोमीटर की ही दूरी पर था। छोटेलाल साइकिल से गाँव-शहर करता रहता था।

छोटेलाल की पढ़ाई पूरी हो गयी। तब तक बड़ेलाल के दो बेटे भी हो गये। छोटेलाल को शहर में ही सरकारी नौकरी मिल गयी। बंसू और बड़ेलाल की खुशी की सीमा न रही। छोटेलाल को नौकरी मिल गयी और वह भी अपने शहर में ही। मतलब कि छोटेलाल भी घूम-फिरकर अपने गाँव-घर में ही रहेगा।

नौकरी लग जाने से छोटेलाल के लिए तमाम रिश्ते आने लगे। बंसू और बड़ेलाल ने ठोंक-बजाकर चित्रा नाम की एक लड़की को छोटेलाल के लिए पसंद किया। लड़की थी तो गाँव की ही, लेकिन पढ़ी-लिखी थी। बंसू ने लड़की के बाप को साफ-साफ बता दिया कि लड़की को यहीं गाँव में ही रहना पड़ेगा। मेरा बेटा उसे लेकर शहर में नहीं बसेगा। लड़की के बाप को इस पर कोई आपत्ति नहीं थी। बंसू ने धूमधाम से छोटेलाल की शादी की।

चित्रा घर में आ गयी। वह स्वभाव से थोड़ी तेज थी। एकाध साल वह घर में कायदे से रही। उसके बाद वह लगी बात-बात में अपनी जिठानी भुल्लू से नाक फुलाने। भुल्लू अक्सर दबकर बात को सम्हालने का प्रयास करती। वह नहीं चाहती थी कि घर में लड़ाई-झगड़ा हो और टोले-मुहल्ले में हँसी-हँसारथ हो।

चित्रा को ससुराल में रहते दो साल हो गये। एक दिन किसी बात पर उसने भुल्लू के छोटे बेटे को खींचकर तीन-चार झापड़ मारा। भुल्लू को बर्दाश्त नहीं हुआ। देवरानी-जिठानी में जमकर झगड़ा होने लगा। भुल्लू बहुत दिनों से दबकर रह रही थी। सारी भड़ास निकलने लगी। दोनों में दिनभर जोर-जोर से झगड़ा होता रहा। छोटेलाल घर पर ही था। झगड़े के चक्कर में उस दिन खाना भी नहीं बना। सब भूखे ही रह गये।

अगले दिन सवेरे छोटेलाल ने साफ-साफ फैसला सुना दिया, "बस, बहुत हो चुका। अब मैं इस घर में किसी कीमत पर नहीं रहूँगा। अपनी पत्नी को लेकर मैं शहर जा रहा हूँ और अब वहीं रहूँगा।" बंसू और बड़ेलाल ने उसे बहुत समझाया लेकिन वह नहीं माना। अपनी पत्नी को लेकर वह उसी दिन शहर चला गया।

गाँव की औरतें मिलने पर अब अक्सर भुल्लू को ताना मारने लगीं, "का बाबा! अब इतना भी क्या झगड़ा करना कि घर के लोगों का गाँव ही छूट जाय।" भुल्लू कोई जवाब नहीं दे पाती थी रुआँसी हो जाती।

एक दिन रात में बंसू और बड़ेलाल खाना खा रहे थे तो भुल्लू रोने लगी। बंसू ने कारण पूछा तो वह गाँव की औरतों के ताने के बारे में बताने लगी। बंसू ने कहा, "बेटी, तुम बिलकुल किसी की बात की परवाह मत किया करो। अब कोई कुछ कहा करे तो एक कहावत सुना दिया करना—राम वन जाते ही, कैकेयी को अपयश लगना था। दोनों मियाँ-बीवी शहर भागने के लिए किस तरह छटपटा रहे थे, वह तो मैं देख रहा था। वे एक न एक बहाना खोज रहे थे। इस बहाने न भागते तो दूसरे बहाने भागते।"

श्रवणकुमार

विकास का नाम गाँव में धीरे-धीरे श्रवणकुमार हो गया। लोग उन्हें श्रवणकुमार कहकर ही बुलाने लगे। गाँव में उन्हें बड़े सम्मान की दृष्टि से देखा जाता था। गाँव में दो व्यक्ति झगड़ा कर रहे हों और श्रवणकुमार वहाँ पहुँच जायँ तो झगड़ा शान्त हो जाता था। दोनों पक्ष अपनी-अपनी बात श्रवणकुमार के सामने रख देते। दोनों पक्षों की बात सुनकर श्रवणकुमार जो प्रेम से समझा देते, उसे सरपंच का फैसला मान लिया जाता।

कन्हैयालाल के दो बेटे थे, अंकित और विकास। अंकित बड़े थे और विकास छोटे। कन्हैयालाल रेलवे में ड्राइवर थे। अंकित पढ़ने में अच्छे थे। पढ़-लिखकर वे अधिकारी बन गये और अब गाँव झाँकने भी नहीं आते थे। कन्हैयालाल अब सेवानिवृत्त हो चुके थे। उनकी पत्नी का निधन हो चुका था। विकास पढ़ने में थोड़ा कमज़ोर थे। यह भी कहा जा सकता है कि पढ़ने में उनका मन नहीं लगता था। गाँव में थोड़ी सी खेती-बाड़ी थी। विकास गाँव में ही रहकर खेती-बाड़ी में जुट गये। कन्हैयालाल उनके साथ ही रहते थे। विकास अपने पिता की बहुत इज़्ज़त करते और खूब सेवा करते। विकास, उनकी पत्नी और उनके दोनों बच्चे कन्हैयालाल की खूब इज़्ज़त करते और उनकी सेवा में लगे रहते। कन्हैयालाल को यह अफसोस नहीं रह गया कि विकास ठीक से पढ़ लिख नहीं सका और वह गाँव में ही रहकर खेती कर रहा है। वे विकास और उसके परिवार से बहुत प्रेम करते थे। उन्हें लगता था कि नालायक तो अंकित निकल गया। भले ही पढ़-लिखकर अधिकारी बन गया, लेकिन कुसंस्कारी हो गया।

एक बार काफी सालों बाद विकास के घर उनके बुआ का लड़का उनिल आया। उनिल विकास का हमउम्र था और बचपन में दोनों बड़े घनिष्ठ मित्र थे। उनिल भी अपने गाँव में ही रहकर खेती-बाड़ी करता था। उनिल विकास के यहाँ महीने भर रुक गया। दोनों मित्रों की पुरानी मित्रता फिर से ज़िन्दा हो गयी। गाँव में विकास की इतनी इज़्ज़त देखकर उनिल बहुत प्रभावित हुआ।

एक दिन शाम को विकास और उनिल एक-एक लोटा पानी लेकर खेतों की ओर चल दिये। फारिग होने। दोनों गप्पें लगाते हुए दो-तीन किलोमीटर दूर निकल गये। अचानक उनिल बोला, ''यार विकास, तूने तो कमाल कर दिया। गाँव के लोग तेरा बड़ा सम्मान करते हैं और तुझे श्रवणकुमार कहते हैं। तू और तेरा परिवार सचमुच मामा की जितनी सेवा करते हैं, उतनी सेवा कोई नहीं कर सकता अपने बाप की।'' विकास हँसे, ''जैसा श्रवणकुमार हूँ, वह मैं ही जानता हूँ। दरअसल बाबू जी पेंशन से ही हमारे परिवार का खर्चा चलता है। तुम तो जातने ही हो कि उन्हें हर महीने सरकार से पेंशन मिलती है। हम लोग उनकी सेवा करके और खूब खिला-पिलाकर जितने ज्यादा दिन ज़िन्दा रखेंगे, उतने दिन तक उन्हें पेंशन मिलती रहेगी। हमारे परिवार का खर्च भी उतने दिनों तक ठीक से चलता रहेगा। यह भी ध्यान रखना पड़ता है कि बाबू जी नाराज़ होकर किसी दूसरे को अपना पैसा न देने लगें। खेती से कमाई ही क्या होती है?''

संस्कार बनाम संस्कार

रविकिंकर के पड़ोसी के बेटे की शादी हो गयी। आज रिसेप्शन था, जो कि शहर के एक बड़े होटल में हो रहा था। उसी में नाच-गाना भी हो रहा था। इस समय रविकिंकर की बीस वर्षीया बेटी नृत्य कर रही थी। लोग तालियाँ बजा रहे थे, सीटियाँ बजा रहे थे। रविकिंकर की पत्नी मुग्ध होकर अपनी पुत्री का नृत्य देख रहीं थीं। गाना बज रहा था—

दिलवालों के दिल का करार लूटने, मैं आयी हूँ यू.पी. बिहार लूटने।

रविकिंकर को अपना बचपन याद आ गया। उस समय वे चौदह वर्ष के थे। उनके पिता गाँव के ही इंटर कॉलेज में शिक्षाशास्त्र के प्रवक्ता थे और एक विद्वान व्यक्ति के रूप में उनकी दूर-दूर तक धाक थी। एक दिन एक डंडा लेकर रविकिंकर अकेले ही घास पर खेल रहे थे। अचानक रामकिंकर धीमी आवाज़ में एक गाना गाने लगे—मेरे मन की गंगा तेरे मन की यमुना, बोल राधा बोल संगम होगा कि नहीं...

दालान में रविकिंकर के पिता जी बैठे थे। गाने की आवाज़ उनके कान में पड़ गयी। वे तुरन्त अपने स्थान से उठे और रविकिंकर के पास पहुँच गये। उन्होंने रविकिंकर के हाथ से डंडा छीन लिया। फिर तो रविकिंकर के ऊपर डंडा बरसने लगा-दे दनादन...दे दनादन...। पिताजी दहाड़े, "गंदा गाना गाते हो? यही संस्कार सीख रहे हो?" डंडे की मार से रविकिंकर छटपटाकर कूद रहे थे। अंततः डंडा टूट गया। उसे फेंक दिया गया। रविकिंकर शरीर पर पड़ी चोट से बहुत देर तक बिलबिलाते रहे।

रविकिंकर इस समय अपनी बेटी का नृत्य देख रहे थे। नृत्य उन्हें अच्छा लग रहा था। साथ ही साथ बचपन की वह घटना भी उनके दिमाग में चलचित्र की तरह घूम रही थी। वे सोचने लगे, 'मेरे पिताजी सही थे या मैं सही हूँ? मेरे पिताजी गलत थे या मैं गलत हूँ? बेटी कितने गंदे गाने पर नृत्य कर रही है। वह भी कितने अश्लील तरीके से। इस समय पिताजी रहे होते तो क्या करते?

शायद मुझे लाठी से मारते। कहते, मैंने तुझे यही संस्कार सिखाया था कि तू अपनी बेटी से मुजरा करवा और तू खुद भी मजे लेकर उसका मुजरा देख?

रविकिंकर के दिमाग में गूँजने लगा-बोल राधा बोल संगम होगा कि नहीं...

वे वर्तमान में आ गये—दिलवालों के दिल का करार लूटने मैं आयी हूँ यूपी बिहार लूटने...

वही सनसनाहट—बोल राधा बोला संगम होगा कि नहीं...

दिलवालों के दिल का करार लूटने, मैं आयी हूँ यूपी बिहार लूटने...आँखों के सामने हाथ में डंडा लिये पिताजी गुस्से से बड़बड़ाते नाच रहे थे। लग रहा था कि पिताजी डंडा लेकर अब कूदे, तब कूदे।

बेटी थिरक रही थी। तालियाँ और सीटियाँ बज रहीं थीं। लोगों को मजा आ रहा था।

अचानक रविकिंकर तीर की तरह बेटी के पास पहुँचे, "बन्द कर हरामजादी..." वे लगे बेटी को तड़ातड़ झापड़ रसीद करने।

पानी का पैसा

जयवन्त सिंह के बाप-दादा गाँव के भूतपूर्व जमीन्दार थे। जयवन्त सिंह अपने पिता की इकलौती सन्तान थे। वे गाँव से पच्चीस किलोमीटर दूर स्थित शहर में रहते थे। शहर में उनका अच्छा-खास व्यवसाय था। गाँव में पुरखों की बनाई हुई हवेली थी। हवेली के चारों तरफ पर्याप्त खाली जमीन थी। जयवन्त सिंह रहते तो परिवार सहित शहर में ही थे, लेकिन हफ्ते-दस दिन में गाँव का एक चक्कर लगा आते थे।

हवेली में रहने वाला कोई नहीं था, अतः उसमें ताला लगा हुआ था। सिर्फ एक कमरा खुला हुआ था, जिसमें जयवन्त सिंह का नौकर रहता था। जयवन्त सिंह ने हवेली और उसके आसपास की जमीन की देखभाल करने के लिए गाँव के ही एक व्यक्ति को नौकर रख दिया था, जिसे वे हर महीने बाकायदा वेतन देते थे।

एक बार उनके नौकर ने उन्हें सुझाव दिया, "ठाकुर, हवेली के चारों तरफ काफी जमीन खाली पड़ी है। आप इसी खाली जमीन में बोरिंग करवाकर पम्प लगवा दीजिए। पानी की अच्छी व्यवस्था हो जाएगी। मैं सारी खाली जमीन में सब्जियाँ लगाया करूँगा। सब्जियों में सिर्फ गोबर की खाद डालूँगा। आप शहर से हर दूसरे-तीसरे दिन किसी को भेज दिया कीजिएगा। वह यहाँ से शुद्ध सब्जियाँ आपके घर ले जाया करेगा।" जयवन्त सिंह को विचार पसन्द आ गया।

जमीन में बोरिंग हो गयी। पानी इफरात हो गया। नौकर खाली जमीन में सब्जियाँ बोने लगा। खाने भर को सब्जियाँ शहर जाती थीं। बाकी सब्जियाँ नौकर बेच लेता था।

गाँव के ट्यूबवेल और पानी की टंकी में अक्सर कोई न कोई खराबी आ जाती थी। गाँव में पानी की सप्लाई अक्सर बाधित हो जाती थी। एक दिन जयवन्त सिंह गाँव आये हुए थे। उनके अगल-बगल रहने वाले कई लोग इकट्ठे हो गये। एक व्यक्ति ने कहा, "ठाकुर, गाँव की पानी की टंकी में अक्सर कोई न कोई समस्या आ जाती है। हम लोगों को पानी के लिए परेशान होना पड़ता है। अगर आपकी

अनुमति हो तो सुबह-शाम दोनों वक्त हम लोग आपका पम्प चलवाकर आपके यहाँ से ही पानी भर लिया करें।'' जयवन्त सिंह ने सहर्ष अनुमति दे दी।

अब गाँव के तीस-पैंतीस लोग जयवन्त सिंह के यहाँ से ही पानी लेने लगे। दो-तीन महीने तक तो सब कुछ ठीक-ठाक चला। उसके बाद उनका नौकर सबको हड़काने लगा, ''ठाकुर ने कहा है कि जो-जो यहाँ से पानी ले जाएगा, उसे हर महीने पचास रुपये देने पड़ेंगे। उन्होंने यह भी कहा है कि इस बारे में जो उनसे सीधे बात करेगा, उसे पानी नहीं भरने मिलेगा।''

लाचार होकर सब पानी भरनेवाले, नौकर को पचास रुपये महीने देने लगे। धीरे-धीरे पूरे गाँव में जयवन्त सिंह बदनाम हो गये। सब उन्हें गाली देने लगे। आपसी बातचीत में लोग कहने लगे, ''साला अपने को बहुत बड़ा ठाकुर बनता है। इतना पैसेवाला होकर भी लोगों से पानी के लिए पचास-पचास रुपये वसूलता है।''

ज्योतिष का कमाल

पवनेश बहुत बड़े उद्योगपति थे। अकूत सम्पदा थी उनके पास। धन-सम्पत्ति का अहंकार उनके सिर चढ़कर बोलता था। अपने अहंकार के चलते वे बददिमाग और बदतमीज़ दोनों हो गये थे। सामान्य लोगों को अपने आगे कीड़ा-मकोड़ा समझते थे और उनसे उसी तरह का व्यवहार करते थे। किसी के आगे झुकना वे अपनी शान के खिलाफ समझते थे। उन्हें पता था कि जिसकी गर्ज पड़ेगी, वह हजार बार मेरे सामने झुकेगा। इसका सबूत थे बड़े-बड़े अधिकारी, जो हमेशा उन्हें सलाम ठोंकते थे। और उनके सामने दाँत चियारते रहते थे।

पवनेश की एक कमजोरी थी। ज्योतिष! ज्योतिष में उन्हें अगाध श्रद्धा थी। यही कारण था कि देश के तमाम ज्योतिषी उनकी कोठी की शोभा बढ़ाया करते थे। बिना शुभ लग्न, शुभ मुहूर्त देखे वे कोई काम नहीं करते थे।

एक बार उन्हें पता चला कि हरिद्वार में दिव्यसेन नाम के प्रकांड ज्योतिषी रहते हैं। उनकी कोई भविष्यवाणी कभी गलत नहीं निकलती। उन्होंने तुरन्त अपने आदमियों को ससम्मान दिव्यसेन को लिवा लाने के लिए भेजा।

दिव्यसेन उनके घर पधार गये। पवनेश ने उनका यथोचित स्वागत सत्कार किया। उनसे अपने घर दो-तीन दिन रुकने का आग्रह किया। दिव्यसेन ने उनका आग्रह स्वीकार कर लिया।

दिव्यसेन ने देखा कि पवनेश अपने नौकरों के साथ बड़ा दुर्व्यवहार करते हैं। डाँटने और गाली देने के साथ, कभी-कभी उन पर हाथ भी उठा देते हैं। उन्हें बड़ा बुरा लगा। पवनेश की कुंडली देखते हुए उन्होंने पवनेश को समझाया, "आपकी कुंडली में मेरे हिसाब से शनि थोड़ा सा खराब है।" पवनेश डर गये, "इसके लिए मुझे कौन सा अनुष्ठान करवाना पड़ेगा। आप अपने निर्देशन में, जो भी अनुष्ठान जरूरी हो, करवाने की कृपा करिए।" दिव्यसेन ने कहा, "आप निश्चिन्त रहिए। इसके लिए आपको कोई भी अनुष्ठान करवाने की जरूरत नहीं है। नौकरों को प्रसन्न

रखने से शनि स्वतः प्रसन्न रहते हैं। आप अपने नौकरों से खूब अच्छा व्यवहार किया करिए। उन्हें खूब खुश रखा करिए। उनके साथ भूलकर भी दुर्व्यवहार मत किया करिए। शनिदेव आपके ऊपर खूब प्रसन्न रहेंगे।''

दिव्यसेन चले गये। नौकरों के प्रति पवनेश का व्यवहार ही बदल गया। वे उन्हें हमेशा प्रसन्न रखने का प्रयास करने लगे। पहले तो नौकरों को विश्वास नहीं हुआ। धीरे-धीरे वे सचमुच बहुत प्रसन्न रहने लगे।

साल भर बाद पवनेश ने फिर दिव्यसेन को बुलवाया। अबकी बार उनका पहले से भी ज्यादा स्वागत हुआ। दिव्यसेन तीन-चार दिन के लिए रुक गये।

दिव्यसेन ने देखा कि पवनेश के माँ-बाप एकदम वृद्ध हो चुके हैं। पवनेश अपने माँ-बाप को बिलकुल भी ध्यान नहीं रखते। उन्हें केवल एक नौकर के भरोसे छोड़ रखा है। एक दिन दिव्यसेन पवनेश के बेटे की कुण्डली देखने लगे। बेटा सोलह साल का था। दिव्यसेन पवनेश को बताने लगे, ''अपने बेटे की प्रगति की राह में आप स्वयं रोड़ा बन रहे हैं।''

''कैसे?''

''इस सम्पूर्ण सृष्टि के स्वामी भगवान विष्णु हैं। भगवान विष्णु को प्रसन्न करने का तरीका है कि सच्चे दिल से पत्नी और बच्चों समेत, अपने माता-पिता की सेवा की जाय। आपके बेटे की कुण्डली बता रही है कि आप अपने माता-पिता की सेवा नहीं करते। इससे भगवान विष्णु आपसे प्रसन्न नहीं हैं। भगवान विष्णु के अप्रसन्न रहने से, आपका किसी भी तरफ से नुकसान हो सकता है। आपका बेटा अपनी क्षमता भर उन्नति नहीं कर पायेगा सो अलग।''

फिर तो जैसे पवनेश के वृद्ध माँ-बाप के दिन फिरे, वैसे सबके वृद्ध माँ-बाप के दिन फिरें।

टॉपर

आज रामाधीन के दरवाजे पर खूब चहल-पहल थी। एक तरफ भोजन बन रहा था। एक तरफर चारपाइयाँ और तख्त रखे हुए थे। गाँव के लोग आ-जा रहे थे। कुछ लोग स्थायी रूप से बैठे हुए थे। गप्पें लड़ाई जा रही थीं। ठहाके लग रहे थे। सबके बीच में एक कुर्सी पर इन्दीवर बैठा हुआ था। हर आने-जाने वाले का वह यथोचित अभिवादन कर रहा था। इन्दीवर बहुत पुलकित था। लोग भी उसकी बड़ाई कर रहे थे। वह भी अपनी बड़ाई झोंके हुए था।

रामाधीन का बेटा इन्दीवर कानपुर विश्वविद्यालय से हिन्दी से एम.ए. कर रहा था। एक सप्ताह पहले इन्दीवर की परीक्षा का परिणाम आया। इन्दीवर ने कानपुर विश्वविद्यालय में एम.ए. हिन्दी में सर्वोच्च स्थान प्राप्त किया। इसी खुशी में रामाधीन ने आज पूरे गाँव को दावत दी थी। इन्दीवर के कारण गाँव में रामाधीन की इज़्ज़त बढ़ गयी थी।

अचानक सामने से बलभद्र मास्टर आते हुए दिखे। उन्हें देखकर रामाधीन के चेहरे पर व्यंग्यपूर्ण मुस्कराहट दौड़ गयी। देखते हैं आज बलभद्र मास्टर कौन सा नुक्स निकाल पाते हैं। मेरे टॉपर बेटे के सामने आज इनकी घिग्घी बँध जाएगी।

बलभद्र मास्टर प्राइमरी स्कूल में प्रधानाध्यापक थे। दस वर्ष पहले सेवानिवृत्त हो चुके थे। उनकी विशेषता थी कि वे जहाँ पहुँचते थे, वहाँ कोई न कोई बड़ा नुक्स या ऐब निकल कर रंग में भंग डाल देते। कभी-कभी तो पूरी महफिल ही भरभंड कर देते थे।

लोग फुसफुसाने लगे, "इन्दीवर सतर्क हो जाओ। बलभद्र मास्टर आ रहे हैं।" तब तक वे पहुँच गये। इन्दीवर ने उनके पैर छूकर उन्हें सम्मानपूर्वक बैठाया। उन्होंने जोर से ललकारा, "रामाधीन, एक प्याली बढ़िया चाय बनवाओ।" रामाधीन ने तुरन्त अपनी भतीजी को चाय बनाने का आदेश दिया।

चाय बनकर आ गयी। बलभद्र मास्टर चाय की चुस्कियाँ लेने लगे। रामाधीन भी उन्हीं के पास बैठ गये। बलभद्र मास्टर इन्दीवर से मुखातिब हुए, "बेटा इन्दीवर,

मुझे यह जानकर अपार खुशी हुई कि तुमने एम.ए. में टॉप किया। तुमने गाँव का नाम रोशन कर दिया।'' इन्दीवर नकली विनम्रता दिखाते हुए बोला, ''सब आप जैसे बड़ों के आशीर्वाद का फल है दादा।'' बलभद्र मास्टर ने आँख का चश्मा थोड़ा सा ऊपर किया, ''एक बात बताओ बेटा! तुम्हारा नाम है—इन्दीवर। इन्दीवर का मतलब क्या होता है?'' इन्दीवर को अपने नाम का मतलब नहीं पता था। वह खिसियाकर हकलाने लगा, ''मैं अपनी पढ़ाई-लिखाई करता रहता हूँ कि अपने नाम का अर्थ रटता बैठा रहता हूँ?'' बलभद्र मास्टर ने घूरा, ''बड़े आश्चर्य की बात है हो हिन्दी के टॉपर और हिन्दी में अपने नाम का मतलब तक नहीं मालूम है। पढ़कर टॉप किये हो या नकल करके?...इन्दीवर का मतलब होता है—नीलकमल अर्थात नीले रंग का कमल का फूल। ठीक से पढ़ाई किया करो। झूठी वाहवाही से कुछ नहीं मिलने वाला।''

डेढ़ पापी

पुष्पेश ने एक गिलास पानी पिया और बड़बड़ाते हुए बिस्तर पर लेट गया, ''यह गलत है।'' वह बिस्तर पर उलट-पुलट रहा था। मन के किसी कोने से आवाज़ आयी, 'कुछ गलत नहीं है इसमें।' पढ़ने में मन नहीं लग रहा था आज। चुपचाप लेटा हुआ था वह। दिमाग में तरह-तरह की कशमकश चल रही थी। बचपन के संस्कार कह रहे थे कि यह गलत है। दुनिया की आधुनिकता कह रही थी कि इसमें कुछ भी गलत नहीं है। संस्कार और आधुनिकता उसे तड़ातड़ पीट रहे थे। वह भागने की जुगत सोच रहा था लेकिन भाग नहीं पा रहा था।

पुष्पेश और सजीवन विश्वविद्यालय से एम.ए. कर रहे थे। हिन्दी से। विश्वविद्यालय की तरफ से दोनों को हॉस्टल में कमरा मिला था। एक ही हॉस्टल, अगल-बगल का कमरा। अगल-बगल रहते हुए दोनों में गहरी छनने लगी थी। सजीवन मस्तमौला किस्म का व्यक्ति था। कभी-कभार शराब भी पीता था, मांसाहार का शौकीन था और महीने में वेश्यालयों का भी एकाध चक्कर लगा लेता था। पुष्पेश को वह सारी बातें खुलकर बताता। वेश्यालय जाता तो लौट कर पुष्पेश के सामने वह ऐसा सजीव वर्णन करता कि पुष्पेश अन्दर से हिल जाता। वह भी जवान हो चुका था। सजीवन द्वारा सुनाया गया आँखों देखा वर्णन उसे विचलित कर देता था। पुष्पेश के अपने संस्कार कहते थे कि परस्त्रीगगन पाप है। दूसरी ओर सजीवन की मौजमस्ती उसकी जवानी को उकसाती थी।

अचानक सजीवन ने उसका दरवाजा खटखटाया। उसने उठकर दरवाजा खोल दिया और आकर बिस्तर पर बैठ गया। सजीवन भी उसके बिस्तर पर बैठ गया। ''क्या कर रहे हो?'' सजीवन ने पूछा। ''मैं बड़ा परेशान हूँ यार। बड़ी देर से दिमाग में एक ही चीज नाच रही है।'' पुष्पेश ने उत्तर दिया। सजीवन मुस्कराया, ''अपने इस दोस्त के रहते तुम्हारे सामने ऐसी क्या समस्या आ गयी है? समस्या बताओ। समाधान यह बंदा हाजिर करेगा।'' पुष्पेश बोला, ''यार मैंने आज तक किसी सुंदर

लड़की को निर्वस्त्र नहीं देखा है। एक तरफ देखने का मन कर रहा है और दूसरी तरफ लग रहा है कि यह पाप है।'' ''पाप?'' सजीवन ने आँखें दिखायीं, ''यह तो बड़े पुण्य का काम है। तुरन्त तैयार हो। चल मेरे साथ। मैं अभी तेरे सामने एक सुंदर लड़की को निर्वस्त्र कराता हूँ। वह भी मुफ्त में।''

दोनों तैयार होकर चल दिये। अपनी-अपनी साइकिल से मस्ती भरी बातें करते हुए। सजीवन बोला, ''हम लोग रेडलाइट एरिया की तरफ चल रहे हैं। मैं तुम्हें एक बहुत ही गुस्सैल लड़की के पास ले चल रहा हूँ। इसलिए मैं जैसे ही कहूँ कि अब चलो तो तुरन्त भागना वहाँ से।''

एक लड़की सजधजकर बाहर ही खड़ी थी। सजीवन फुसफसाया, ''यही है!'' वह लड़की सजीवन से मुस्कराकर बोली, ''आज एक नये बन्दे को लेकर आये हो?'' सजीवन ने कहा, ''हाँ, यह मेरा दोस्त है। इसने कभी लड़की का स्वाद नहीं चखा है। इसे भी लड़की का स्वाद चखना है इसीलिए इसे यहाँ लेकर आया हूँ।'' लड़की सजीवन को आँख मारकर बोली, ''तो इसे मेरे हवाले कर दो न! मैं इसकी तबीयत मस्त कर दूँगी।'' सजीवन बोला, ''तू क्या इसकी तबीयत मस्त करेगी? तेरा तो नीचे का सामान सड़ा हुआ है और ऊपर का सामान बेकार है।'' लड़की भड़क गयी, ''मेरा सामान सड़ा हुआ है? अपने दोस्त के सामने मेरी बेइज़्ज़ती कर रहा है? दिखा मेरा सामान कहाँ सड़ा है?'' वह खिसियाकर दनादन अपने सारे कपड़े उतारने लगी। एकदम निर्वस्त्र हो गयी वह। वह पुष्पेश से बोली, ''ध्यान से देख ले! मेरा कोई सामान सड़ा है?'' पुष्पेश धन्य होकर बड़े ध्यान से उसके पूरे शरीर को देखने लगा।'' कुछ देर में सजीवन बोला, ''अबे भाग यहाँ से।'' दोनों अपनी-अपनी साइकिल से वहाँ से भाग खड़े हुए।

रास्ते में सजीवन पुष्पेश से बोला, ''एक पापी तो मैं था ही। आज से तू भी आधा पापी हो गया। मुझे खुशी है कि अब हम लोग डेढ़ पापी हो गये।''

हीरा बहू

लाउडस्पीकर से निकली आवाज़ पूरे गाँव में गूँज रही थी—हरे राम हरे राम, राम राम हरे हरे...हरे कृष्ण हरे कृष्ण, कृष्ण कृष्ण हरे हरे...। पूरी कोठी गुलजार थी। चौबीस घण्टे के अखण्ड कीर्तन के बाद अठगवाँ (आठ गाँव) का भोज था। कोठी में वैसे तो तीन नौकरों के साथ ठाकुर और ठकुराइन दुकेले ही रहते थे लेकिन आज कोठी काफी भरी-भरी लग रही थी। तीन में से दो बेटे, अपनी पत्नियों और दो-दो छोटे बेटों के साथ उपस्थित थे। सबसे बड़ा बेटा नहीं आ पाया। वह बहुत बड़ा अधिकारी था और उसे छुट्टी नहीं मिल पायी थी।

गाँव में एक अच्छाई होती है। किसी के घर कोई बड़ा समारोह-उत्सव हो तो पूरा गाँव जुटकर जिम्मेदारी सँभाल लेता है और कार्यक्रम बोझ लगने के बजाय हँसी-खुशी से निबट जाता है। गाँव के लोगों ने मिलकर अपनी-अपनी जिम्मेदारी बाँट ली थी, जिससे सारा कार्यक्रम सुव्यवस्थित तरीके से उत्साह के माहौल में सम्पन्न हो रहा था।

घर के अन्दर की सारी जिम्मेदारी नौकरानी हीरा बहू सँभाले हुए थी। उसके पति का नाम हीरा था, सो पूरा गाँव उसे हीरा बहू ही कहकर बुलाता था। दोनों बहुँए-रानी और मैत्री घर के अन्दर फुर्सत में थीं। चारों बच्चे घर के बाहर उछल-कूद कर रहे थे। दोनों बहुएँ अपने प्रिय साझे विषय पर चर्चा करने में मशगूल थीं। दरअसल सबसे बड़े बेटे की कमाई बहुत थी। जितना बड़ा अधिकारी उतनी ज्यादा हराम की कमाई। जेठ खूब कमाते थे तो जिठानी उसका प्रदर्शन करती थी। हमेशा हीरे के गहनों से लदी बन-ठन कर रहती। उनके हीरे के गहने देवरानियों की आँखों में बहुत चुभते थे। जिठानी पर लगातार विमर्श हो रहा था। दोषों विदुषी देवरानियाँ विमर्श को निरन्तर ऊँचाई पर ले जा रही थीं।

जिठानी के मायके, उनकी पढ़ाई, उनके घमंड से होते हुए विमर्श उनके बौद्धिक स्तर के बारे में पहुँच चुका था। अचानक हीरा बहू आ गयी। उसने मँझली बहू

से पूछा, "चाय बना रही हूँ। आप दोनों के लिए भी बना लूँ?" अचानक मँझली बहू रानी का मोबाइल फोन बज उठा। छोटी बहू मैत्री ने व्यंग्यपूर्वक कहा, "हीरा बहू का फोन होगा।" रानी ने मोबाइल फोन में नाम देखा, "हाँ, हीरा बहू का ही फोन है।" हीरा बहू बोली, "क्या बाबा! मैं तो यहाँ खड़ी हूँ। मैं कहाँ किसी को फोन कर रही हूँ?" दोनों बहुएँ हँसने लगीं। मैत्री ने कहा, "तुम्हारी समझ में नही आयेगा। तुम जाओ चाय बनाओ। हम लोगों के लिए भी बना लेना।" हीरा बहू मुँह खोले चली गयी। उसे नहीं पता था कि बहुत ज्यादा हीरे के गहने पहने रहने के कारण दोनों बहुएँ जिठानी को व्यंग्य में 'हीरा बहू' भी कहती थीं।

योग्यता का मापदण्ड

प्रोफेसर अवधेन्द्र और प्रोफेसर यजुर्वेन्द्र एक ही विश्वविद्यालय में प्रोफेसर थे। अवधेन्द्र इतिहास विभाग में थे, जबकि यजुर्वेन्द्र दर्शनशास्त्र विभाग में। दोनों में बड़ी अच्छी दोस्ती थी। दोनों एक ही मुहल्ले में रहते थे, अतः विश्वविद्यालय दोनों प्रायः साथ में ही आया जाया करते थे।

एक दिन अवधेन्द्र और यजुर्वेन्द्र विश्वविद्यालय से साथ में ही लौट रहे थे। अवधेन्द्र की कार से। चला भी अवधेन्द्र ही रहे थे। अवधेन्द्र ने यजुर्वेन्द्र से कहा, ''यार, आज मेरे सामने एक विचित्र समस्या आ गयी है।'' ''क्या?'' यजुर्वेन्द्र ने पूछा। अवधेन्द्र बताने लगा, ''मेरे अधीन पीएचडी की एक ही सीट खाली है। प्रवेश के लिए तीन छात्र आ गये हैं। मेरे सामने मज़बूरी यह आ गयी है कि मैं उनमें से किसी एक को ही ले सकता हूँ। मेरी समझ में नहीं आ रहा है कि तीनों में से किसको लूँ?'' यजुर्वेन्द्र ने कहा, ''इसमें समस्या की क्या बात है? तीनों में जो सबसे योग्य हो, उसे ले लो।'' ''मैं भी यही सोच रहा हूँ।'' अवधेन्द्र ने कहा, ''तीनों से कहता हूँ कि अपने-अपने शैक्षिक प्रमाण पत्र लेकर आओ। जिसका शैक्षिक रिकार्ड सबसे अच्छा होगा, उसे ही मैं चुन लूँगा।'' यजुर्वेन्द्र बोले, ''कह तो तुम सही रहे हो। शैक्षिक रिकार्ड से भी योग्यता का पता चल जाएगा, लेकिन मैं योग्यता नापने के लिए अलग तरीका अपनाता हूँ।'' अवधेन्द्र को उत्सुकता हुई, ''जरा मुझे भी बताओ!'' यजुर्वेन्द्र हँसे, ''वह बताने की चीज नहीं है। देखने की चीज है।'' ''तो ठीक है! मेरे इन तीनों लड़कों की योग्यता तुम अपने तरीके से नापो। मैं भी देखना चाहता हूँ कि योग्यता नापने का तुम्हारा तरीका क्या है? तुम जिसको सर्वश्रेष्ठ बता दोगे मैं उसे ही चुन लूँगा।'' अवधेन्द्र ने कहा। यजुर्वेन्द्र तैयार हो गये, ''ठीक है! रविवार को तीनों लड़कों को अपने घर बुला लो। मैं बता दूँगा कि तीनों में सबसे योग्य कौन है!''

रविवार को अवधेन्द्र ने तीनों लड़कों को अपने घर पर बुला लिया। यजुर्वेन्द्र पहले से बैठे हुए थे। उन्होंने तीनों लड़कों से पूछा, ''तुम तीनों में से कौन-कौन

झाड़ू लगाना जानता है?'' तीनों ने बताया कि उन्हें झाड़ू लगानी नहीं आती। यजुर्वेन्द्र ने अवधेन्द्र से झाड़ू मँगायी। घर के अन्दर से झाड़ू आ गयी। यजुर्वेन्द्र ने गली के अन्दर तीन हिस्से बनाये और तीनों लड़कों से एक-एक हिस्से में झाड़ू लगाने के लिए कहा।

कुछ देर में तीनों ने अपने-अपने हिस्से को झाड़ू लगाकर साफ कर दिया। यजुर्वेन्द्र अवधेन्द्र को लेकर तीनों हिस्सों का मुआयना करने लगे। एक हिस्सा अलग ही सफाई से चमचमा रहा था। यजुर्वेन्द्र बोले, ''जिस लड़के ने इस हिस्से में झाड़ू लगायी है, वह सबसे योग्य है।'' ''कैसे?'' अवधेन्द्र ने उत्सुकता से पूछा। यजुर्वेन्द्र बताने लगे, ''सचमुच के एक प्रथम श्रेणी एक द्वितीय श्रेणी और एक तृतीय श्रेणी के व्यक्ति को लो। तीनों से एक ऐसा काम कराओ, जो वे तीनों ही न जानते हों। जैसे यह झाड़ू लगाना ही। जो प्रथम श्रेणी का व्यक्ति होगा उसका काम अलग ही बोलेगा।'' अवधेन्द्र ने यजुर्वेन्द्र की पीठ ठोंकी, ''मान गये यार तुमको!''

बॉस की दावत

बालेन्दु एक कम्पनी में अधिकारी थे। उस दिन रविवार था, अतः ऑफिस बन्द था। उन्होंने अपने बॉस को दोपहर के खाने पर निमंत्रित किया हुआ था। बॉस ने कहा था कि वे दो बजे तक आयेंगे। दरअसल उस समय बॉस की पत्नी मायके गयी हुई थीं। मौका अच्छा देख बॉस को खुश करने के लिए बालेन्दु ने उन्हें अपने घर खाने पर बुला लिया। आजकल ऑफिस में इसी बात की मारामारी चल रही थी। हर व्यक्ति बॉस को खुश करने के लिए उन्हें खाने पर बुला रहा था। घर में खाना बनाने के लिए नौकर था, लेकिन बॉस को घर में खाने के लिए फुरसत ही नहीं मिल पा रही थी। आज इसके यहाँ दावत तो कल उसके यहाँ। दोपहर में खाने के लिए ऑफिस की महिलाएँ अपने-अपने घरों से एक से एक बढ़िया व्यंजन ले आती थीं। बॉस के सामने समस्या हो जाती कि किसका खाना खाएँ और किसका न खाएँ? जिसका खाना खा लेते, उसकी बाँछें खिल जातीं। जिसका खाना न खाते, उसका चेहरा उतर जाता था। आज बड़ी मुश्किल से बालेन्दु का नम्बर लग पाया था।

आज सवेरे से ही बालेन्दु पत्नी के साथ रसोई में जुटे हुए थे। वे चाह रहे थे कि ऐसा दिव्य भोजन बने कि बॉस फिर किसी दिन उनके घर खाने पर आने के लिए मजबूर हो जायँ। बालेन्दु का पचास वर्षीय नौकर छंगू भी दोनों के साथ जुटा हुआ था और दौड़-दौड़कर सब सामान ला रहा था। छंगू के दिमाग में दूसरी बात नाच रही थी। वह जान रहा था कि कि बड़े साहब जब खा-पीकर चले जाएँगे तो सब कुछ मुझे भी चखने को मिलेगा। बालेन्दु की पत्नी आज अपनी सारी पाककला विद्या उड़ेलकर रख दे रही थीं।

एक बजे तक सब कुछ बनकर तैयार हो गया। छंगू को गेट पर तैनात कर दिया गया। जैसे ही बॉस आयें, उन्हें तुरन्त लिवाकर आओ और ड्राइंग रूम में बैठाओ। बालेन्दु और उनकी पत्नी नहा-धोकर तैयार होने लगे।

सब बॉस का इंतज़ार कर रहे थे। अचानक दो बजे बॉस का फोन आ गया। बालेन्दु उत्सुक होकर उनसे बात करने लगे। बॉस बोले, "सॉरी बालेन्दु! मैं एक

बहुत जरूरी काम से अपने एक मित्र के यहाँ आया हूँ। उसने जबर्दस्ती मुझे खाना खिला दिया। आज मैं तुम्हारे यहाँ खाना खाने नहीं आ पाऊँगा। फिर किसी दिन रखते हैं। सॉरी!'' फोन कट गया। बालेन्दु का चेहरा उतर गया। उन्होंने अपनी पत्नी को यह बात बतायी। पत्नी का भी मन बुझ गया। दोनों गेट पर ही खड़े थे। छंगू भी साथ में खड़ा था।

अचाएक एक अत्यन्त दयनीय भिखारी आ गया। दोनों हाथ जोड़कर वह बालेन्दु से बोला, ''साहब दो दिनों से भूखा हूँ। दो रोटी मिल जाती तो बड़ी दया होती।'' बालेन्दु उखड़ गये, ''भाग साले यहाँ से। पता नहीं कहाँ-कहाँ के कमीने चले आते हैं।'' वे पत्नी सहित अन्दर चले गये। छंगू खड़ा होकर देखता रहा। वह सोचने लगा, 'जिसके पास अकूत खाना है, उसे खाना खिलाने के लिए सब परेशान हैं। जिसके पास खाने के लिए कुछ नहीं है, उसे कोई एक रोटी देने के लिए तैयार नहीं है।'

अलगौझी

उत्फुल्ल और उत्कल की बहसबाजी जारी थी। पिछले तीन दिनों से दोनों भाई रह-रह कर भिड़ जा रहे थे। दोनों ही नौकरी करते थे और एक ही घर में रह रहे थे। घर का बँटवारा हो गया दोनों भाइयों में। घर के बँटवारे में भी बहुत झकझक हुई, परन्तु अन्ततः सहमति बन ही गयी। इस समय झगड़ा माँ-बाप को लेकर चल रहा था। माँ-बाप दोनों साथ में किसी एक भाई के पास रहें, इस पर दोनों में से कोई भाई तैयार नहीं था। अन्त में यह तय हुआ कि एक भाई के साथ पिता जी रहेंगे और एक भाई के साथ माँ। झगड़ा इसी पर अटका हुआ था कि किसके साथ पिता जी रहेंगे और किसके साथ माँ। दोनों चाहते थे कि पिता जी उनके साथ रहें। दोनों को पता था कि बहू और सास के बीच साँप और नेवले का सम्बन्ध होता है। कोई नहीं चाहता था कि उसकी पत्नी को किसी प्रकार का कष्ट पहुँचे। माँ-बाप दोनों निरीह भाव से अपने बँटवारे को लेकर दोनों भाइयों का झगड़ा देख रहे थे।

उत्फुल्ल के एक बेटा था और एक बेटी। बेटा बारह साल का था और बेटी दस साल की। उत्कल के दो बेटे थे। एक बेटा सात साल का था और दूसरा छः साल का। चारों बच्चे लगातार अपने पिता लोगों का कृत्य देख रहे थे। कैसे दोनों बाबा-दादी के बँटवारे के लिए लड़ रहे हैं। बच्चों को अपने बाबा-दादी से लगाव था और अपने बापों की करतूत से वे अन्दर ही अन्दर आहत हो रहे थे।

झगड़े को अन्तहीन होता देख, दोनों ने थोड़ा धैर्य से काम लिया और माँ-बाप का बँटवारा करने में सफल हो गये। तय हुआ कि पिता जी उत्फुल्ल के पास रहेंगे और माँ उत्कल के पास। माँ-बाप अलग हो गये। दोनों के मन में एक ही सान्त्वना थी कि एक ही घर में रहेंगे तो आपस में बातचीत करने को मिल जाएगी।

अलगौझी हो गयी। उत्फुल्ल और उत्कल के परिवार में बातचीत भी बन्द हो गयी, परन्तु चारों बच्चे अलगौझी के नियमों का ठीक से पालन नहीं कर रहे थे। अपनी माताओं के लाख मना करने के बावजूद वे आपस में बातचीत कर लेते थे।

दोनों बहुओं की यह भी इच्छा थी कि माँ और पिता जी भी आपस में बात न करें, परन्तु वे उन्हें रोक नहीं पाती थीं।

साल भर बीत गये। एक दिन उत्कल के दोनों बेटों में जमकर झगड़ा हुआ। नौबत मारपीट तक पहुँच गयी। दोनों की उत्कल के सामने पेशी हुई। उत्कल ने दोनों को डाँटते हुए पूछा, "किसलिए तुम लोग लड़ाई कर रहे हो?" बड़ा बेटा बोला, "हम लोग बड़े होने का खेल खेल रहे थे। हम दोनों में मम्मी-पापा का बँटवारा हो रहा था। मैं कह रहा था कि मम्मी मेरे पास रहेंगी और पापा तुम्हारे पास रहेंगे। यह कह रहा है कि इसके पास रहेंगी मम्मी। पापा मेरे पास रहेंगे।" दोनों के झगड़े का कारण जानकर उत्कल को झटका लगा। अपने को किसी तरह सँभालते हुए उन्होंने पूछा, "दोनों लोग मम्मी को ही अपने पास क्यों रखना चाह रहे हो, पापा को क्यों नहीं?" अबकी बार छोटे बेटे ने उत्तर दिया, "मम्मी मेरे साथ रहेंगी तो दादी की तरह मेरी बीवी की सेवा करेंगी। मेरी बीवी मम्मी की तरह आराम से बैठी रहेगी। आप तो किसी काम के नहीं हैं।" उत्कल की पत्नी भी वहीं खड़ी थी। पति-पत्नी दोनों एक-दूसरे का मुँह देखने लगे।

कंजा

अम्बर मास्टर कुएँ के पास से मुड़कर आगे बढ़े तो देखा कि अनर्थ होने वाला है। गाँव के दोनों पड़ोसी जयदेव और सूरजदेव के परिवार आमने-सामने डटे हुए हैं। एक तरफ चारों भाई जयदेव तो दूसरी तरफ चारों भाई सूरजदेव। सबके हाथों में हथियार। किसी के हाथ में भाला, किसी के हाथ में फरसा, किसी के हाथ में लाठी। दोनों परिवार के बच्चे और औरतें अपने-अपने दरवाजे पर सहमे हुए खड़े हैं। सारे हथियार जमीन छोड़कर ऊपर। उन पर दो हाथों की मजबूत पकड़। दोनों पक्ष प्रतीक्षा में कि उधर से पहला वार हो तो मार-काट शुरू हो।

अम्बर मास्टर दौड़कर दोनों पक्षों के बीच में खड़े हो गये, "यह क्या अनर्थ हो रहा है? सब लोग पागल हो गये हो क्या? क्यों अपनी-अपनी पत्नियों को विधवा और बच्चों को अनाथ बनाने पर तुले हुए हो?" अम्बर मास्टर गाँव के प्राइमरी स्कूल के प्रधानाध्यापक थे। गाँव के लोगों में उनकी काफी इज़्ज़त थी। सूरजदेव बोले, "झगड़े की शुरुआत जयदेव ने की। इन्होंने मुझें कंजा कहा।" सूरजदेव की आँखें बहुत भूरी थीं। भूरी आँख के लोगों को गाँव के लोग कभी-कभी कंजा कह देते थे। कंजा शब्द गाली के समकक्ष व्यवहृत होता था। "फिर क्या हुआ?" अम्बर मास्टर ने पूछा। सूरजदेव ने ताव खाकर कहा, "मैं अपना अपमान ऐसे ही सह लेता क्या? मैंने भी उनको गाली दी। उसके बाद शुरू हो गयी लड़ाई दोनों पक्षों की।" "सब लोग मूर्ख हो।" अम्बर मास्टर बोले, "कंजा शब्द अपमान कैसे है? अरे जिसकी आँखें कमल के फूल जितनी सुन्दर होती हैं, उसे कंजा कहते हैं। कंजा शब्द कंज से बना है और कंज का अर्थ होता है कमल का फूल। सूरजदेव, तुम्हारी तो केवल आँख ही कंजी है। भगवान राम के तो आँख, नाक, कान, हाथ, पैर, मुँह सब कंजे थे। सबसे बड़े कंजा तो भगवान राम थे। तुलसीदास जी ने लिखा है—

नव कंजलोचन, कंजमुख, कर कंज, पद कंजारुणम्।

उनकी आँख भी कंजी है, मुँह भी कंजा है, हाथ भी कंजा और पैर भी कंजा है। मैं भी तरसता हूँ कि काश मेरी आँख भी कंजी होती।

सूरजदेव ने अपने तीनों भाइयों की ओर विजयी भाव से देखा। उन्होंने अम्बर मास्टर से कहा, "चलिए मास्टर साहब! मैं आपको अपने घर पर चाह पिलाता हूँ।" चारों भाइयों के साथ अम्बर मास्टर सूरजदेव के घर की तरफ चल दिये। जयदेव के सभी भाइयों के हथियारों का हूरा जमीन पर टिक गया। कुछ देर में वे भी अपने घर की तरफ चल दिये।

अति सुंदर

यह भी नहीं...यह भी नहीं...यह भी नहीं...यह भी नहीं। मातलि ने चारों फोटो एक-एककर अपनी माँ को लौटा दी। माँ पैर पटकती हुई चल दी, "इसकी तो मति मारी गई है। ऐसी छँटाई से मैं तंग आ गयी हूँ। मुझे लगता है, इसकी किस्मत में कोई कुतिया ही लिखी हुई है जो चारों तरफ मैला खायेगी।"

मातलि जब से अधिकारी बना, तब से यही हो रहा था। उसकी शादी के लिए तमाम प्रस्ताव आ रहे थे। लड़की की फोटो देखकर ही वह अधिकांश शादियों का प्रस्ताव ठुकरा दे रहा था। कुछ के फोटो उसे पसंद आये, तो उन्हें देखकर मना कर दिया। एक से एक गुणवान लड़कियों के प्रस्ताव आये। मातलि के लिए लड़कियों के गुणों का कोई अर्थ नहीं था। उसे सिर्फ सुन्दर लड़की चाहिए थी। उसका कहना था कि मैं एक पैसे दहेज नहीं लूँगा, लेकिन मुझे लड़की बहुत ही ज्यादा सुन्दर चाहिए। उसके दिमाग में न जाने कितनी ज्यादा सुंदर लड़की कर चित्र था। बहुत सारी सुन्दर लड़कियों के प्रस्ताव भी आये परन्तु जितना वह चाहता था, उतनी सुंदर कोई लड़की नहीं थी।

अचानक अणिमा नाम की एक लड़की का प्रस्ताव आया। फोटो में वह गजब की सुंदर लग रही थी। मातलि ने उसे देखने की इच्छा प्रकट की। लड़की दिखायी गयी। असाधारण सुंदर। मातलि का दिल बल्लियों उछल पड़ा। ऐसी ही लड़की तो वह चाहता था।

मातलि अणिमा के साथ बहुत प्रसन्न था। नौकरी और गृहस्थी, दोनों की गाड़ी अच्छी तरह चल रही थी। सात-आठ महीने बीतते-बीतते अणिमा की ससुराल की तरफ से एक न एक लड़का टपकने लगा। अणिमा मातलि से सबको किसी न किसी रिश्ते से अपना भाई बताती। एक अधिकारी के रूप में मातलि अपनी नौकरी में काफी व्यस्त हो गया था। सारे मुहबोले भाइयों की घर में रुकने से लेकर खाने-पीने की सारी व्यवस्था अणिमा के ही जिम्मे थी। इन भाइयों के आने पर मातलि को कोई आपत्ति नहीं थी।

मातलि के विभाग में एक नया अधिकारी आया। वह अणिमा के शहर का ही था। उससे मिलकर मातलि को बड़ी खुशी हुई। उसका नाम माधव था। मातलि ने उसे अपने घर खाने पर आमंत्रित किया। उसे लगा कि अपने शहर के आदमी से मिलकर अणिमा बहुत प्रसन्न होगी।

उस दिन रात में माधव खाने पर मातलि के घर पहुँचा। उसे देखकर अणिमा सकपका गयी। माधव भी उसे देखकर आश्चर्यचकित रह गया। दोनों ने जल्दी ही अपने को सँभाल लिया और वे सहज हो गये। खा-पीकर माधव चला गया।

अगले दिन दोपहर में माधव अणिमा से अकेले में मिलने आया। उसे देखकर अणिमा घबरा गयी। माधव ने कहा, "परेशान मत होओ! मैं केवल यह जानने आया हूँ कि तुम्हारी शादी मातलि से कैसे हुई? तुम तो शहर की बहुत हाई-फाई कालगर्ल थी। मैं भी तुम्हारा कस्टमर था।" अणिमा बोली, "अब शादी हो गयी तो हो गयी। घरवालों ने कर दी। मैं अपनी वर्तमान जिन्दगी से खुश हूँ। एक बहुत बड़ी विपत्ति आ गयी है। मेरे कस्टमर यहाँ भी चले आ रहे हैं। सबको भाई बताकर मैं मातलि को संतुष्ट करती हूँ। सब पैसा देकर मेरे साथ हमबिस्तर हुए बिना ज़ाते नहीं। आपकी बड़ी कृपा होगी। मुझे किसी तरह उन सब से बचाइए।" "घबराओ नहीं! मैं तुम्हारी मदद करूँगा। हाँ, आज अन्तिम बार मेरे साथ कुछ हो जाये।" माधव अणिमा का हाथ पकड़कर उसे अन्दर लेकर चला गया।

ऊपरवाले का मजाक

ऊपर वाले से मजाकिया और विनोदप्रिय कोई नहीं है। ऐसे-ऐसे मजाक कर देता है कि नीचे वाले बस देखते रह जाते हैं।

ऐसा ही मजाक उसने चन्द्रमूर्ति के साथ कर दिया। चन्द्रमूर्ति निहायत ही बदसूरत थे। शादी योग्य हुए तो घर वालों ने उनकी शादी कर दी। दुल्हन घर में आयी तो सब देखते ही रह गये। बला की खूबसूरत लड़की। वही बात हो गयी—

चोंच में बाज के अंगूर खुदा की कुदरत,
गोद में हूर के लंगूर खुदा की कुदरत।

दहेज में एक कार भी मिली थी। चन्द्रमूर्ति अपनी पत्नी पर न्यौछावर हो चुके थे। वे जोर-शोर से कार सीखने लग गये। उनके दिल में यह तमन्ना जाग गयी कि मैं जल्दी से जल्दी कार चलाना सीख लूँ और कार में अपनी पत्नी को बैठाकर घूमने निकलूँ।

चन्द्रमूर्ति कार चलाना सीख गये। एक दिन उन्होंने पत्नी के सामने प्रस्ताव रखा, "चलो आज हम लोग कार से सिविल लाइन्स घूमने चलते हैं। पत्नी काफी सीधे स्वभाव की थी। उसने इस बात को पति की आज्ञा मानकर सिर माथे लिया और सिविल लाइन्स चलने के लिए तैयार होने लगी।

दोनों सिविल लाइन्स पहुँच गये। सुभाषचन्द्र बोस चौराहे के पास गाड़ी सड़क के किनारे खड़ी करके, वे गये और पास की दुकान से दो बोतल कोल्ड ड्रिंक ले आये। उन्होंने कार के सारे शीशे गिरा दिये और कार में ही बैठकर कोल्ड ड्रिंक पीने लगे। काफी देर तक दोनों चुस्कियाँ लेते रहे और बातें करते रहे। अचानक तीन नवयुवक उनके पास आये। एक ने ड्राइवर के बगल वाली खिड़की से सिर अंदर घुसा दिया। उसने मुस्कराते हुए चन्द्रमूर्ति से कहा, "ड्राइवर साहब बड़ा मस्त माल फँसाये हो। तुम्हारी मालकिन हैं न?"

चन्द्रमूर्ति आग-बबूला हो गये। दरवाजा खोलकर बाहर निकल आये, "सालों मैं अपनी पत्नी के साथ घूमने आया हूँ। तुम लोगों की आँख क्यों फूट रही है?

लोगों से बदतमीजी करते हो?'' दूसरा युवक बोला, ''बदतमीजी तो तुम कर रहे हो ड्राइवर के बच्चे। अपनी मालकिन को पटाकर उनके साथ गुलछर्रे उड़ा रहे हो। अभी पुलिस को बुलाता हूँ।'' वह फोन करके पुलिस को बुलाने लगा। चन्द्रमूर्ति चिल्लाये, ''हाँ-हाँ बुलाओ पुलिस! मैं भी देखता हूँ।''

कुछ देर बाद पुलिस आ गयी। चन्द्रमूर्ति और उनकी बीवी पुलिस को बार-बार बता रहे थे कि वे पति-पत्नी हैं और ये तीनों युवक बदतमीजी कर रहे हैं। हमारे यहाँ झूठ ज्यादा प्रभावशाली ढंग से और आत्मविश्वास के साथ बात करता है। एक युवक पुलिस को बड़े आत्मविश्वास के साथ बताने लगा, ''मैं अच्छी तरह जानता हूँ कि यह आदमी ड्राइवर है। अपने साथ किसी लड़की को फँसाकर लाया है।'' पुलिस सब इन्सपेक्टर को भी दाल में कुछ काला लगा। उसने सिपाहियों से कहा, ''दोनों को थाने ले चलो वहीं दोनों से सच उगलवाता हूँ।''

दोनों को थाने ले जाया गया। चन्द्रमूर्ति ने पुलिस से अपने माँ-बाप को बुलाने के लिए कहा। पुलिसवाले जीप से गये और चन्द्रमूर्ति के माँ-बाप को भी उठा लाये।

चन्द्रमूर्ति के पिता जी सब इंस्पेक्टर को डाँटने लगे, ''ये दोनों मेरे बेटे-बहू हैं। किस अपराध में आपने दोनों को गिरफ्तार किया है? आप के खिलाफ मैं मानहानि का मुकदमा करूँगा। मेरा बेटा चन्द्रमूर्ति इलाहाबाद विश्वविद्यालय में असिस्टेण्ट प्रोफेसर है। तुम से ज्यादा वेतन पाता है।'' सब इन्सपेक्टर की घिग्घी बँध गयी। वह हाथ जोड़कर चन्द्रमूर्ति से माफी माँगने लगा, ''अरे सर, मुझसे बहुत बड़ी गलती हो गयी। मुझे माफ कर दीजिए। आपने पहले क्यों नहीं बता दिया कि आप इलाहाबाद विश्वविद्यालय में प्रोफेसर हैं। यह नौबत ही न आती।''

डॉक्टर बनाम...

प्रो. शीलव्रत और प्रो. आत्मेन्द्र एक ही विश्वविद्यालय के एक ही विभाग में प्रोफेसर थे। बड़े जिगरी दोस्त थे दोनों।

एक बार प्रो. शीलव्रत को बहुत तेज बुखार हो गया। प्रो. आत्मेन्द्र उन्हें शहर के एक अच्छे डॉक्टर के पास दिखाने ले गये। डॉक्टर के यहाँ काफी भीड़ थी। आत्मेन्द्र ने पाँच सौ रुपये फीस जमा करके नम्बर लिया और शीलव्रत के साथ भीड़ में बैठकर नम्बर आने का इंतज़ार करने लगे।

काफी देर बाद शीलव्रत का नम्बर आया। शीलव्रत को लेकर आत्मेन्द्र डॉक्टर के चैम्बर में घुसे। डॉक्टर को आत्मेन्द्र ने अपना और शीलव्रत का परिचय दिया। डॉक्टर ने दोनों का स्वागत किया और बड़े प्रेम से शीलव्रत को देखने लगे। डॉक्टर साहब बड़े प्यार और धैर्य से शीलव्रत की एक-एक समस्या सुन रहे थे और उतने ही प्यार और धैर्य से अपनी बात समझा रहे थे। रक्तचाप इत्यादि हर चीज की जाँच कर लेने के बाद उन्होंने अपने पर्चे पर पाँच दिन की दवा लिख दी। उन्होंने पर्चा आत्मेन्द्र को दिया और हिदायत दी कि पाँच दिन बाद एक बार फिर दिखा लीजिएगा। दोनों पर्चा लेकर बाहर आ गये।

डॉक्टर के चैम्बर से संलग्न दवाखाने से दोनों ने दवा खरीदी। आत्मेन्द्र ने शीलव्रत से कहा, "आओ, डॉक्टर साहब से पूछ लें कि पाँच दिन बाद तुम्हें भी साथ ले आना जरूरी है या मैं अकेले ही आकर हालचाल बता दूँगा?" दोनों डॉक्टर साहब के चैम्बर में घुसे। आत्मेन्द्र ने अपनी जिज्ञासा उनके सामने रखी। डॉक्टर साहब भड़क गये, "ऐसा है मरीज को मत लाइएगा। अपने दो-चार अन्य दोस्तों को साथ लेकर आइएगा और मुझे मरीज का सारा हालचाल बता दीजिएगा।" दोनों सिटपिटाकर बाहर निकल आये।

शीलव्रत ने कहा, "कुछ देर पहले तो बड़े प्रेम और आत्मीयता से बात कर रहे थे। अचानक क्यों भड़क गये? सीधे-सीधे कह देते कि मरीज को लाना जरूरी है।"

आत्मेन्द्र समझाने लगे, "दरअसल जितनी देर तक पाँच सौ रुपये दी गयी फीस काम कर रही थी, उतनी देर तक तो वे प्रेम से बोलते रहे। जैसे ही फीस का असर खत्म हुआ, वे शूर्पणखा की तरह अपने असली रूप में आ गये।...अधिकांश डॉक्टर शूर्पणखा ही होते हैं। जैसे शूर्पणखा को यह अंहकार था कि वह लंकाधिपति रावण की बहन है, वैसे ही डॉक्टरों को अपने द्वारा कमाये गये पैसों और अपने हुनर का अहंकार रहता है। वे उतनी देर तक ही मरीज से 'तो सम पुरुष न मो सम नारी' वाली भाषा में बात करते हैं, जितनी देर तक उसकी फीस काम करती रहती है। उसके बाद अगर मरीज ने कुछ टोका-टाकी की तो वे 'रूप भयंकर प्रगटत भयऊ' वाली स्थिति में आ जाते हैं।

कम्युनिस्ट का इतिहास चिन्तन

कम्युनिस्ट इतिहासकारों ने एक संगोष्ठी का आयोजन किया था यद्यपि मैं उसमें आमंत्रित नहीं था, लेकिन दिमाग में न जाने क्या सूझा कि अपने मित्र वन्दन को लेकर बतौर श्रोता मैं भी संगोष्ठी में पहुँच गया।

हम लोग पहुँचकर हॉल में दर्शकों के बीच बैठ गये। एक इतिहासकार जी चेहरे पर अत्यन्त विद्वत्ता का भाव लाने का प्रयास करते हुए माइक को झकझोरे हुए थे...''कभी-कभी इतिहास की जरूरतों के हिसाब से भी हमें नायक गढ़ने पड़ते हैं, यद्यपि कि वे नायक नहीं होते। उदाहरण के लिए हम शिवाजी और राणा प्रताप को ले सकते हैं। शिवाजी एक मामूली सा लुटेरा था और अपने समय में उसका कोई विशेष महत्त्व नहीं था। इसी तरह राणा प्रताप एक बहुत ही मामूली राज्य का राजा था और उसमें न तो अकबर से लोहा लेने की ताकत थी, न ही हिम्मत। उसको तो राजा मान सिंह चढ़ाकर अकबर से लड़ा रहे थे। मान सिंह की यह कूटनीति थी कि एक राजपूत राजा अगर अकबर से लड़ता नहीं रहेगा तो अकबर हम राजपूतों को क्यों पूछेगा? इसीलिए वह एक तरफ राणा प्रताप को लड़ने के लिए प्रोत्साहित करते रहते और दूसरी तरफ हमेशा भामाशाह से उसके पास खूब पैसा भिजवाते रहते। वे नहीं चाहते थे कि राणा प्रताप को संसाधनों की कमी होने पाये। वह तो स्वतंत्रता संग्राम के समय हमें कुछ भारतीय नायकों की आवश्यकता पड़ी। हमने नज़दीकी इतिहास में तो देखा हमारे पास कोई नायक ही नहीं था। मजबूरन हमने शिवाजी और राणा प्रताप को झाड़पोंछ कर खड़ा किया और उनमें नायकत्व आरोपित किया। उनका महिमामण्डन करके हमने उन्हें अपने स्वतन्त्रता संग्राम का प्रेरणास्रोत बनाया...''

इतिहास की यह व्याख्या सुनकर मेरा खून खौल रहा था। मैंने वन्दन से कहा, ''यार राणा प्रताप का अस्सी किलो का भाला रखा हुआ है, जिसे कोई उठा नहीं पाता। राणा प्रताप लड़ने के लिए तैयार होकर जब चेतक पर बैठते थे तो उनके

शरीर पर कुल दो सौ दो किलो का वजन होता था। इसी तरह शिवाजी को यह मामूली लुटेरा बता रहा है।...जो इतिहास बूँक रहे हैं, इन सालों के पुरखे तैमूर लंग और चंगेज़ खाँ का आक्रमण होने पर लड़ने के बजाय सिर पर गठरी रखकर इतनी दूर भाग जाया करते थे, जहाँ तक आक्रमणकारी न पहुँच सके...इनका बस चले तो भारत के स्वतंत्र होने का सेहरा ये माओत्से तुंग के सिर बाँध दें...श्रोताओं में से कोई कुछ क्यों नहीं बोल रहा है?'' वन्दन ने उत्तर दिया, ''क्योंकि सारे श्रोता भी कम्युनिस्ट हैं।''

जीवन जीने का सबक

छत्रधारी इस समय अपने पिता के साथ खेती-बाड़ी के काम में लग गया था। अधूरे मन से ही सही, अपने पिता के कामों में पूरा हाथ बटा रहा था।

बी.ए. और एम.ए. करने के बाद काफी दिनों तक वह नौकरी की तलाश में भटकता रहा। पूरा जोर लगाने के बावजूद उसे कहीं चपरासी की भी नौकरी नहीं मिली। हारकर उसने अपने पिता के परांपरागत पेशे, खेती में ही हाथ बँटाना शुरू कर दिया।

छत्रधारी की उम्र इस समय तीस साल थी। शादी हो चुकी थी। चार साल का एक बेटा भी था। माता-पिता भी साथ थे। सब मिलकर अपने गाँव के घर में रहते थे।

एक दिन छत्रधारी अपने गाँव के इंटर कॉलेज की तरफ ऐसे ही घूमने गया। कॉलेज के पास उसने देखा कि गुलाब की बहुत सारी डंडियाँ फेंकी हुई हैं। सम्भवतः गुलाब के पौधों की कटाई-छँटाई हुई थी। उसने उनमें से तीन अच्छी डंडियाँ छाँटीं और अपने घर ले आया।

छत्रधारी ने तीन डंडियों से गुलाब की तीन अच्छी कलम बनायी और उन्हें अपने आँगन में लगा दिया। उसकी जिन्दगी में जैसे एक नयी उमंग का संचार हो गया।

वह गुलाब के पौधों को खाद देने, पानी देने, उनकी गुँड़ाई करने में ही लगा रहता। घण्टों खड़े होकर वह उन्हें निहारता रहता। गुलाब के पौधे जैसे उसे प्राणों से भी प्रिय हो गये थे।

धीरे-धीरे दो कलमें तो सूख गयीं, लेकिन एक कलम में से कल्ले फूटने लगे। यद्यपि दो कलम सूख जाने से वह थोड़ा मायूस हुआ, लेकिन एक कलम में से फूटे कल्लों को देखकर उसका मन बल्लियाँ उछल पड़ा। वह जी-जान से उस पौधे की देखभाल में जुट गया। धीरे-धीरे उसमें दो-तीन छोटी-छोटी डालियाँ निकल आयीं। छत्रधारी तो जैसे उसकी मिनट-मिनट की प्रगति पर आँखें गड़ाये हुए था।

अन्ततः पौधे में से एक कली निकल आयी। छत्रधारी का मन-मयूर नाच उठा। कली धीरे-धीरे फूल बनने की ओर अग्रसर होने लगी। भविष्य में खिलने वाले फूल की कल्पना करके ही वह रोमांचित था।

छत्रधारी एक दिन अपने पिता के साथ खेतों में काम करने गया था। लौटकर आया तो स्वभावतः वह सबसे पहले दौड़कर गुलाब के पौधे को देखने गया। वह सन्न रह गया। गुलाब का पौधा वहाँ से गायब था। वह चिल्ला-चिल्लाकर रोने लगा। घर में सब इकट्ठा हो गये। सबसे गुलाब के पौधे के बारे में पूछताछ होने लगी।

छत्रधारी का चार साल का बेटा बोला, "उसको तो मैं दूसरी जगह लगा आया। छत्रधारी ने पूछा, "कहाँ लगाया?" वह बताने लगा, "मैंने उसको कुएँ में लगा दिया। यहाँ से उखाड़कर मैं उसे कुँए में डाल आया।"

छत्रधारी फूट-फूटकर रोने लगा। उसकी माँ ने समझाया, "बेटा भगवान ने तुम्हें जीवन जीने का सबक सिखाया है। उसको गाँठ में बाँध लो। आदमी करने कुछ चलता है और हो कुछ और जाता है। ऊपरवाला जो चाहता है वह होता है, आदमी भले ही कुछ और चाह रहा हो। तुम्हारा बहुत नुकसान नहीं हुआ। ईश्वर की कृपा समझो कि सस्ते में उसने तुम्हें जीवन का सबक सिखा दिया।"

कार्रवाई

सूर्यकान्त जी बहुत बड़े कवि और कथाकार थे। सचमुच के साहित्यकारों में रहने वाला अवगुण, आत्मसम्मान और स्वाभिमान, उनमें कूट-कूटकर भरा था। इन्हीं अवगुणों के कारण इस जुगाड़वादी और चरणचापन युग में उन्हें अपने शहर के ही साहित्यिक समारोहों और गोष्ठियों तक में कोई नहीं पूछता था।

शहर में आकाशवाणी का भी केन्द्र था और दूरदर्शन का भी। आकाशवाणी केन्द्र से उन्हें साल-दो साल में काव्यपाठ के लिए बुला लिया जाता। दूरदर्शन की दशा और खराब थी। पाँच-छः साल में एकाध बार उनका कार्यक्रम लगता। आकाशवाणी और दूरदर्शन का हाल देखकर सूर्यकान्त जी बहुत क्षुब्ध होते। वे देखते थे कि दोनों जगह ऐसे लोग काव्यपाठ के लिए खूब बुलाये जाते, जो साहित्यिक कार्यक्रम के अधिकारी के हमेशा आगे-पीछे घूमते रहते और हमेशा उनकी जी-हुजूरी में लगे रहते। कविता लिखने वालों के साथ, कविता न लिखने वाले भी आकाशवाणी और दूरदर्शन में काव्यपाठ करते थे।

एक बार सूर्यकान्त जी को बहुत गुस्सा आया। उन्होंने भारत के सूचना और प्रसारण मंत्री को एक शिकायती पत्र लिखा। उन्होंने अपना पूरा परिचय देते हुए लिखा कि मेरे शहर के आकाशवाणी और दूरदर्शन केन्द्र में दुनिया भर के ऐरे-गैरे नत्थू खैरे लोगों को काव्यपाठ के लिए खूब बुलाया जाता है जबकि मुझ जैसे कवि को नहीं बुलाया जाता।

दो महीने बाद सूचना और प्रसारणमंत्री का तो नहीं, आकाशवाणी महानिदेशालय, दिल्ली की तरह से एक पत्र आया। उसमें लिखा था कि आपके शिकायती पत्र पर अपर महानिदेशक (मध्य क्षेत्र) आकाशवाणी लखनऊ को जाँच करने के लिए कहा गया है। आपके प्रकरण पर समुचित जाँच होगी और कार्रवाई की जाएगी। आप हमारे ऊपर पूरा भरोसा रखिए।

सूर्यकान्त जी जाँच और कार्रवाई का इंतज़ार ही करते रहे। क्या जाँच हुई कुछ पता नहीं चला? हाँ, एक कार्रवाई हुई। उसके बाद सूर्यकान्त जी को आकाशवाणी और दूरदर्शन से काव्यपाठ या अन्य किसी कार्यक्रम के लिए कभी नहीं बुलाया गया।

चमड़ा

वह देश का एक प्रतिष्ठित इंजीनियरिंग कॉलेज था। वैभव शेखर उस इंजीनियरिंग कॉलेज में प्रोफेसर थे। प्रथम वर्ष का प्रवेश कार्य पूर्ण हो चुका था। पढ़ाई भी चालू हो गयी।

वैभव शेखर की उम्र पचास के आसपास थी। वे मेकेनिकल इंजीनियरिंग पढ़ाते थे। प्रथम वर्ष के पहले सेमेस्टर की कक्षा में वे भी पढ़ाने लगे।

कक्षा में एक लड़की थी, मुक्ता। मुक्ता बहुत सुंदर थी। वैभव शेखर की निगाह मुक्ता पर पड़ गयी। उसकी सुंदरता देखकर उनका दिल बेचैन हो उठा। उनका मन किसी भी तरह मुक्ता को पाने की हसरत पालने लगा।

वैभव शेखर अब जब भी कक्षा में पढ़ाते रहते, वे लोगों की निगाह बचाकर बीच-बीच में हसरत भरी निगाहों से मुक्ता को देख लेते। धीरे-धीरे यह बात मुक्ता समझ गयी। वह जान गयी कि सर निश्चित रूप से मुझ पर आसक्त हो गये हैं। अब जब भी वैभव शेखर उसकी ओर सबकी नजरें बचाकर देखते वह भी उनकी आँखों से आँखें लड़ाती और यह प्रदर्शित करती कि उसके मन में भी उनके लिए कुछ है।

धीरे-धीरे मुक्ता कुछ न कुछ पूछने के बहाने वैभव शेखर से मिलने लगी और उनसे खुलने का प्रयास करने लगी। धीरे-धीरे दोनों में काफी अनौपचारिक सम्बन्ध हो गया और वे एक दूसरे से हँसी मजाक भी करने लगे। एक दिन वैभव शेखर ने मुक्ता से मजाक-मजाक में पूछा, ''मुक्ता, क्या तुम मेरी सहेली बनना पसंद करोगी?'' मुक्ता मुस्करायी, ''ठीक है सर! जब आप कह रहे हैं तो मैं आपकी सहेली बन जाती हूँ।'' दोनों ठहाका लगाकर हँसने लगे।

मुक्ता ने देखा कि सर बहुत धीरे-धीरे बढ़ रहे हैं। एक दिन वैभव शेखर अपने कमरे में बैठे थे। कुछ पूछने के बहाने वह उनके कमरे में घुस गयी। पूछने का नाटक खत्म हो गया तो मुक्ता बोली, ''सर, एक बात के लिए मैं आपकी तारीफ़ करूँगी।'' ''वैभव शेखर ने पूछा, ''किस बात के लिए?''

"सर, इस उम्र में भी आप बहुत हॉट दिखते हैं?"

"सच?"

"सच!"

उन्होंने जी बहुत कड़ा किया, "मुक्ता...मुक्ता...क्या तुम मेरे साथ सेक्स सम्बन्ध बनाना पसंद करोगी?"

"क्यों नहीं सर! ये तो मेरा सौभाग्य होगा कि आप जैसे हॉट व्यक्ति के साथ मुझे हमबिस्तर होने का मौका मिलेगा।"

वैभव शेखर खुशी से उछल पड़े, "मुझे अपने कानों पर विश्वास नहीं हो रहा है। मेरी तो किस्मत खुल गयी।"

"लेकिन सर मेरी एक शर्त है।"

"मुझे तुम्हारी हर शर्त मंजूर है। बताओ तुम्हारी क्या शर्त है?"

"मैं जब-जब आपके साथ हम बिस्तर होऊँगी तब-तब आपको मुझे पच्चीस हजार रुपये देने पड़ेगे। क्या है न सर कि हम लोग आप लोगों की तरह वेतन तो पाते नहीं, लेकिन हम लोगों को भी पैसे की बहुत जरूरत पड़ती है।"

वैभव शेखर को पैसे की बात से बड़ा झटका लगा लेकिन वे तैयार हो गये। एक दिन उन्होंने मुक्ता को पच्चीस हजार रुपये दिये और उसे लेकर एक होटल की ओर चल दिये। रास्ते भर वे बहुत उत्तेजित और रोमांचित थे। होटल में उन्होंने मुक्ता के साथ जमकर मौज-मस्ती की।

एक दिन वे मुक्ता से बोले, "मुक्ता, मैंने तुम्हारे साथ जो कुछ किया उस पर मुझे बहुत शर्मिन्दगी महसूस हो रही है। अपराध-बोध से मैं दबा जा रहा हूँ। हमारा काम अनैतिक था। तुम्हें ऐसा नहीं लगता?" मुक्ता ठहाका लगाकर हँस पड़ी, "आज की नयी पीढ़ी सेक्स को नैतिकता और अनैतिकता के दायरे से बाहर मानती है। आपने किया क्या? मेरे शरीर के चमड़े को कई जगह रगड़ लिया। इससे मेरा चमड़ा तो नहीं घिस गया।"

फेसबुक का लाइक

ब्रह्मदीन और बृजमोहन बड़े घनिष्ठ मित्र थे। बृजमोहन विश्वविद्यालय में कुल सचिव थे, जबकि ब्रह्मदीन एक बैंक में प्रबन्धक थे। दोनों के घर अगल-बगल थे। अगल-बगल घर होने के कारण दोनों की पत्नियाँ भी आपस में सहेली थीं।

दोनों मित्रों ने तय किया कि अच्छी गुणवत्ता वाले महँगे मोबाइल फोन खरीदे जायँ जिससे बहुत सारे काम आसानी से सम्भव हो जायँ। दोनों छुट्टी के दिन मोबाइल फोन की एक बड़ी दुकान पर गये। खूब ठोंक-बजाकर दोनों ने एक ही कम्पनी का और एक ही प्रकार का मोबाइल खरीदा।

दोनों ने जल्दी ही मोबाइल फोन चलाना सीख लिया। सीख लेने के बाद दोनों ने फेसबुक भी चलाना सीखा। दोनों फेसबुक पर एक दूसरे के फ्रेंड बन गये। फेसबुक चलाने में दोनों को मजा आने लगा। दोनों कभी फेसबुक पर कभी कोई चित्र लगाते तो कभी कोई वक्तव्य लिखते। ब्रह्मदीन की हर पोस्ट को बृजमोहन लाइक मारते तो बृजमोहन की हर पोस्ट को ब्रह्मदीन। दोनों की फेसबुकबाजी अच्छी चल रही थी।

एक बार बृजमोहन ने अपने हिसाब से बहुत बुद्धिमत्तापूर्ण और लम्बा वक्तव्य टाइप किया और उसे फेसबुक पर पोस्ट कर दिया। काफी लाइक मिले। ब्रह्मदीन ने भी उस पोस्ट को पढ़ा, लेकिन लाइक करना भूल गये। बृजमोहन काफी दिनों तक ब्रह्मदीन की लाइक का इन्तज़ार करते रहे। लाइक नहीं आयी। बृजमोहन के मन में खटास पैदा हो गयी, 'लगता है मेरी इतनी बृद्धिमत्तापूर्ण और उत्कृष्ट टिप्पणी ब्रह्मदीन से बर्दाश्त नहीं हुई और उन्हें जलन हो गयी इसीलिए उन्होंने इसे लाइक नहीं किया।'

दोनों वैसे ही दोस्त बने रहे, लेकिन बृजमोहन अब दोस्ती का दिखावा करने लगे। उनके मन में ब्रह्मदीन के विरुद्ध एक गाँठ पड़ गयी थी। एक बार विश्वविद्यालय में सहायक कुलसचिव के दो पदों का विज्ञापन निकला। ब्रह्मदीन के बड़े बेटे ने भी आवेदन किया। चयन में बृजमोहन की प्रमुख भूमिका रहने वाली थी।

ब्रह्मदीन पत्नी सहित बृजमोहन के घर गये। मियाँ-बीवी, दोनों ने हाथ जोड़कर बृजमोहन से प्रार्थना की। हमारे बेटे का चयन कर लीजिए। आपका एहसान हम लोग जिन्दगी भर नहीं भूलेंगे। बृजमोहन ने कहा, ''यह भी कोई कहने वाली बात है? आपका लड़का मेरा लड़का है। उसका चयन तो होना ही होना है।'' बृजमोहन अपने मन में बोले, 'अब आया ऊँट पहाड़ के नीचे। मेरी पोस्ट नहीं लाइक की थी न? अब मजा चखाऊँगा।'

ब्रह्मदीन के बेटे का साक्षात्कार हो गया। पति-पत्नी मानकर चल रहे थे कि बेटे की नौकरी लग गयी। कुछ दिनों बाद परिणाम निकला तो चयनित अभ्यर्थियों में ब्रह्मदीन के बेटे का नाम नहीं था।

जिसने कभी न किया हो तो?

पुनीत अपनी माँ का बहुत आज्ञापालक बेटा था और उनकी बहुत इज़्ज़त करता था। इस कारण माँ को अपने बेटे पर बड़ा गर्व था। माँ-बाप की इकलौती सन्तान होने के कारण वह माँ और पिता, दोनों का बहुत प्रिय था।

पुनीत पढ़-लिखकर अपने शहर में ही एक अच्छी नौकरी पा गया। माँ-बाप की खुशी का ठिकाना न रहा, क्योंकि परिवार शहर में ही रहता था और अब यह तय हो गया कि पुनीत हमेशा अपने माता-पिता के साथ ही रहेगा।

पुनीत के लिए तमाम रिश्ते आने लगे। माता-पिता भी अब पुनीत की शादी कर देना चाह रहे थे। पुनीत की माँ कोई गाँव की बहू लाना चाह रही थीं। उनका मानना था कि शहरी लड़कियाँ कामचोर और नकचढ़ी होती हैं। उन्होंने खूब ठोंक-बजाकर गाँव की एक लड़की से पुनीत का रिश्ता तय कर दिया।

पुनीत की शादी हो गयी तो उसकी माँ को जैसे पंख लग गये। उन्हें पूरी उम्मीद थी कि उनका आज्ञाकारी बेटा बहू से उनकी खूब सेवा करवायेगा। उधर पहली रात को ही पुनीत की पत्नी महामाया ने पुनीत से अपने मायके का खूब बखान किया, "मेरा परिवार एक जमीन्दार परिवार है। अब तो जमीन्दारी नहीं रही, फिर भी घर पर तीन-चार नौकर हैं। नौकर ही घर का सारा काम करते हैं। हम लोगों ने कभी कुछ नहीं किया। हम लोगों के परिवार के पास बहुत खेती-बाड़ी है..."

पुनीत की नज़रों में अपनी पत्नी का मान बहुत बढ़ गया। वह अपनी पत्नी को सर आँखों पर रखने लगा। वह अपने दोस्तों को बताता कि मेरी पत्नी राजघराने की है।

पुनीत की माँ जब भी बहू को कोई काम करने के लिए कहतीं, पुनीत बड़ी मायूसी और किंचित् रोष से बोलता, "जिसने कभी न किया हो तो?" शुरू-शुरू में तो माँ स्तब्ध रह गयीं। धीरे-धीरे माँ-बेटे में खटास बढ़ने लगी। माँ अपने बेटे के व्यवहार में इस परिवर्तन से आश्चर्यचकित थीं। पुनीत के न रहने पर बहू महामाया को खूब डाँटती, तेरे घरवालों ने तेरा नाम बहुत सही रखा है। तू सचमुच महामाया है।

मेरे बेटे पर न जाने कौन सी माया फैलायी कि वह पलटकर मुझे जवाब देने लगा है। धन्य हो महामाया...।'' महामाया अपनी सास से कुछ नहीं कहती थी, लेकिन पुनीत के लौटने पर सास की बातों में खूब नमक-मिर्च मिलाकर रो-रोकर सारा दुखड़ा सुनाती।

माँ-बेटे में इतना तनाव बढ़ गया कि बेटे ने माँ-बाप को घर से निकल जाने का आदेश दे दिया। मजबूरन माँ-बाप शहर में ही एक दूसरी जगह किराये पर कमरा लेकर रहने लगे।

गर्मी की छुट्टियों में महामाया मायके गयी हुई थी। स्वतंत्र हो जाने पर उसने पुनीत की भी नकेल टाइट कर दी थी और नकेल की डोरी अपने हाथ में रखती थी। पुनीत ने सोचा कि मैं भी ससुराल जाऊँ और एकाएक पहुँचकर महामाया को धचका दूँ। वैसे शादी के बाद अभी तक वह अपनी ससुराल नहीं गया था।

पुनीत एकाएक अपनी ससुराल पहुँच गया। घर के बाहर ही उसने जो दृश्य देखा कि भौंचक्का रह गया। घर के बाहर हाथ से कुट्टी काटने वाली मशीन लगी थी। महामाया और उसका भाई मिलकर उसी पर चरी की कुट्टी काट रहे थे। महामाया जो ताकत से खचाखच्च कुट्टी काट रही थी कि पुनीत ने दाँतों तले ऊँगली दबा ली। उसने पुनीत को देखकर भी अनदेखा कर दिया। सास-ससुर ने दौड़कर बाहर एक चारपाई बिछाई और दामाद को दाना-पानी देने में लग गये। दरवाजे पर ही आम का एक बड़ा सा पेड़ था। कुट्टी काट लेने के बाद महामाया एक झोला लेकर आम के पेड़ पर चढ़ गयी और आधा झोला कच्चे आम तोड़ लायी। पुनीत अचरज से देखता रह गया। महामाया आम लेकर घर के अन्दर चली गयी। अचानक वह घर के अन्दर से एक बड़ी सी लाठी लेकर आती दिखी। लाठी लिये वह पुनीत की ओर ही बढ़ती चली आ रही थी। पुनीत की जान सूख गयी। उसे लगा कि एक भी लाठी पड़ गयी तो इस संसार से विदाई हो जाएगी। वह आयी और उसने पुनीत के पास में बँधी भैंस को दनादन चार लाठियाँ मारीं, ''बोल...दूध नहीं देगी...बोल... देगी कि नहीं दूध...।'' पुनीत की जान में जान आयी। उसके बाद महामाया एक बाल्टी लाकर भैंस का दूध दुहने लगी।

बहन और भाई

मातासरन का परिवार बहुत ही साधारण था। गरीबी से बस थोड़ा सा ही ऊपर। परिवार में वे थे, उनकी पत्नी थी और एक-एक बेटी और बेटा थे।

एक दिन मातासरन चार आम खरीद कर लाये। एक-एक आम घर में सबको बाँट दिया। बेटा रोने लगा, "दीदी वाला आम भी मुझको चाहिए। मैं दो आम लूँगा।" माँ ने पुचकारा, "बेटा तुम मेरा आम ले लो। दीदी को भी एक आम खाने दो।" माता सरन ने डाँटा, "कोई किसी को अपना आम नहीं देगा। ज्यादा इसका नाटक देखने की जरूरत नहीं है।" बेटा रोता ही रहा। बेटी को दया आ गयी, "अच्छा, तू मेरा आम ले ले! ले!" वह अपना आम भाई को देने लगी। मातासरन ने डाँटकर उसे आम देने से रोक दिया।

मातासरन का घर एक तिहाई बना था, बाकी वैसे ही पड़ा था। बिन बने हिस्से में झाड़-झंखाड़ उग आयी थी। अपना आम रखकर बेटी उसी झाड़-झंखाड़ में कुछ करने गयी। अचानक उसके पैर में किसी चीज ने काट लिया। वह जोर से चिल्लायी, "पापा! मेरे पैर में साँप ने काट लिया।" फिर तो मातासरन और उनकी पत्नी भी हल्ला-गुल्ला करने लगे। घर पर लोगों की भीड़ जुट गयी। माता सरन का बेटा बहुत खुश हुआ। अब तो दीदी मर जाएगी और उसका आम मुझे मिल जाएगा। बेटी भयवश बेहोश होने लगी। गाँव के लोगों ने बेटी को नीम की पत्तियाँ खिलायीं। उसने सारी पत्तियाँ थूक दीं, "बहुत कड़वी लग रही है।" एक आदमी ने कहा, "साँप काटने पर नीम की पत्तियाँ कड़वी नहीं लगतीं। इसका मतलब इसे साँप ने नहीं काटा है। हो सकता है चूहे या छछूँदर ने काटा हो।" बेटी की जान में जान आयी। उसे कुछ हिम्मत बँधी।

तीन-चार घंटे के उपचार के बाद बेटी ठीक हो गयी। बेटा एकदम मायूस हो गया। दीदी मरी नहीं। अब उसका आम मुझे नहीं मिलेगा।

दीर्घदन्ताः क्वचित् मूर्खाः

अजब सिंह अपने बेटे के दुःख से दुःखी थे। उनका बेटा सलिलेश पाँचवीं कक्षा में पढ़ता था। सलिलेश के दाँत कक्षा के अन्य छात्रों के मुकाबले थोड़ा बड़े-बड़े थे। इस कारण से कक्षा के सारे बच्चे सलिलेश को चिढ़ाते थे। कोई उसे फावड़े जैसे दाँतवाला कहता तो कोई खपरैल जैसे दाँतवाला। कुछ दिनों तक तो सलिलेश बच्चों से लड़ जाता था लेकिन कितने दिनों तक लड़ता। धीरे-धीरे उसने इस प्रकरण पर किसी को जवाब देना ही बन्द कर दिया। वह अत्यधिक हीन-भावना का शिकार हो गया। वह हमेशा अपने होठों को बन्द रखने की कोशिश करता और प्रयास करता कि किसी बात का जवाब न देना पड़े। दरअसल किसी से कुछ कहने पर दाँत दिख जाते और उसे लगता कि सब उस पर हँस रहे हैं। इसी कारण वह कभी हँसता भी नहीं था। हमेशा चुप चुप। अजब सिंह धीरे-धीरे बेटे की मनोव्यथा समझ गये, लेकिन वे कर भी क्या सकते थे।

एक बार अजब सिंह के घर मिलने एक शास्त्री जी आये। शास्त्री जी विश्वविद्यालय में प्रोफेसर थे। सलिलेश उनके लिए चाय लेकर आया। उसने शास्त्री जी को प्रणाम किया। प्रणाम करने में उसका मुँह खुल गया और उसके दाँत उन्हें दिख गये। उन्होंने सलिलेश से कहा, ''अरे बेटा तुम जरा इधर तो आओ।'' सलिलेश उनके पास जाकर खड़ा हो गया। उन्होंने कहा, ''मुझे अपने दाँत तो दिखाओ।'' सलिलेश ने शर्म के मारे अपना मुँह नहीं खोला। अजब सिंह ने कहा, ''शास्त्री जी इसके दाँत थोड़ा बड़े-बड़े हैं। इसलिए यह बहुत दुःखी रहता है।''

शास्त्री जी सलिलेश को समझाने लगे, ''बेटा इसमें दुःखी होने की क्या बात है? तुम्हारे दाँत बड़े-बड़े हैं, इसके लिए तो तुम्हें प्रसन्न होना चाहिए। हमारे शास्त्रों में कहा गया है कि 'दीर्घदन्ताः क्वचित् मूर्खाः'। अर्थात् बड़े दाँत वाले शायद ही मूर्ख होते हैं। मतलब यह कि बड़े दाँत वाले बहुत बुद्धिमान होते हैं।'' अजब सिंह ने शिकायती लहजे में कहा, ''क्या शास्त्री जी! सलिलेश तो पढ़ने में बहुत ही

साधारण है।'' शास्त्री जी बोले, ''यह पढ़ने में मन नहीं लगाता होगा। अगर यह पढ़ने में मन लगाये तो बहुत आगे जाएगा।''

अजब सिंह ने तो शास्त्री जी की बातों पर बहुत ध्यान नहीं दिया लेकिन सलिलेश के मन में शास्त्री जी की बातें बहुत गहरे तक पैठ गयीं।

सलिलेश एकदम बदल गया। उसकी सारी हीन-भावना छू-मंतर हो गयी। अब वह अपने साथियों के मजाक की बिलकुल परवाह न करता और न ही अपने दाँतों को छुपाता। उल्टे बड़े दाँत होने के कारण वह अपने को औरों से विशिष्ट समझने लगा। वह पढ़ने में खूब मन लगाने लगा और कक्षा में सबसे अधिक अंक पाने लगा। कक्षा में सबसे अधिक अंक मिलने लगा तो उसकी इज़्ज़त स्वतः बढ़ गयी।

छोटी बात पर शंका

डॉ. अनिमेष विश्वविद्यालय में प्राध्यापक थे और विश्वविद्यालय से मिले भवन में परिवार सहित रहते थे। एक बार गाँव से उनके पिता जी उनके पास आये। पिता जी बहुत दबंग स्वभाव के थे और गाँव में उनकी बड़ी हनक थी। उनका नाम था, रुद्रदेव। पिता जी को घर पर आया देख अनिमेष का पूरा परिवार बहुत प्रसन्न हुआ। खासकर उनके दोनों बच्चे। पिता जी का खूब आदर-सत्कार हुआ। बेटे के पास एक सप्ताह तक रुकने की योजना बनाकर आये थे।

एक दिन अनिमेष ने रुद्रदेव से कहा, "पिता जी, चलिए आपको बाजार घुमा लाऊँ। इसी बहाने आपके लिए कुछ खरीदारी भी हो जाएगी।" रुद्रदेव तैयार हो गये। सजधजकर बेटे के साथ बाजार चल दिये।

बेटा और बाप साथ-साथ बाजार में घूम रहे थे और बातें भी कर रहे थे। रुद्रदेव को बहुत मज़ा आ रहा था। अचानक एक नवयुवक आया और रुद्रदेव का पैर छूकर बोला, "बाबू जी, आप बहुत दिन बाद दिखायी पड़े। कैसे हैं आप?"

"एकदम ठीक-ठाक हूँ। दरअसल गाँव से फुरसत नहीं मिल पाती, इसलिए आना कम हो पाता है...और...अपना बताओ...कैसे हो?"

"सब आपका आशीर्वाद है बाबू जी! आज आप को शहर में देखकर इतनी खुशी हो रही है कि बता नहीं सकता।" फिर अनिमेष की ओर इशारा करके पूछा, "बाकी भइया लोग सब मजे में हैं?"

"सब लोग मजे हैं तुम अपना बताओ...घर परिवार में सब सानन्द हैं?"

"आप जैसे महान आदमी का आशीर्वाद पूरे घर के ऊपर बना हुआ है बाबू जी! ऐसे ही शहर आते रहा करिए। मन बदल जाता है।"

"सही कह रहे हो! अब बेटा यहाँ शहर में है तो बीच-बीच में आता रहूँगा। गाँव में तो कुछ न कुछ हमेशा ही लगा रहता है।"

"ऐसा है बाबू जी मेरी गाड़ी का पेट्रोल खत्म हो गया है। मुझे पाँच सौ रुपये उधार दे दीजिए। गाँव में मैं आपको वापस कर दूँगा।"

“अच्छा बेटा!” कहकर रुद्रदेव ने जब से पाँच सौ रुपये का एक नोट निकाला और उस युवक को दे दिया। युवक ने उनका पैर छुआ और थोड़ी दूर पर खड़ी अपनी मोटरसाइकिल स्टार्ट करके उस पर बैठा और चला गया।

अनिमेष ने पूछा, “पिता जी, आप इस आदमी को जानते हैं?” “जानता तो नहीं लेकिन इतने प्रेम से बात कर रहा था, तो जरूर कोई परिचित ही होगा।” रुद्रदेव ने उत्तर दिया। अनिमेष ने आपना माथा पकड़ लिया, “पिता जी वह कोई ठग था। आपसे पाँच सौ रुपये ठग ले गया। देखा नहीं? उसने कहा कि उसकी गाड़ी में पेट्रोल नहीं है और पैसा पाते ही अपनी मोटर साइकिल स्टार्ट करके सर्र से भाग गया।”

रुद्रदेव ने अनिमेष को डाँट दिया, “क्या यार! शहर में आकर तुम एकदम बदल गये हो। हर छोटी-छोटी बात पर शंका करने लगे हो।”

संकोची

गोपाल जी बहुत संकोची स्वभाव के आदमी थे। गनीमत यही थी कि वे आदमी थे, औरत नहीं थे। अन्यथा वे हमेशा गर्भवती रहते। किसी को 'ना' कह पाना तो जैसे उन्हें आता ही नहीं था।

उनकी इस आदत का उनका एक पड़ोसी जुन्नू बहुत फायदा उठाता था। जुन्नू हद दर्जे का शराबी था और वह अक्सर गोपाल जी से हजार-पाँच सौ रुपये उधार माँग लेता। वह केवल उधार लेता। कभी वापस नहीं लौटाता था। अपने संकोची स्वभाव के कारण गोपाल जी कभी उधार वापस नहीं माँग पाते थे।

एक बार गोपाल जी को जुन्नू पर बहुत क्रोध आ गया। उनकी शराफ़त का वह बहुत नाजायज फायदा उठा रहा था। उन्होंने दृढ़ निश्चय कर लिया कि अब वे जुन्नू को कभी एक पैसा नहीं देंगे, चाहे जो हो जाय। उन्होंने सोचा कि यह ऐसे नहीं मानेगा। उन्होंने जुन्नू से बोलना ही छोड़ दिया। जुन्नू बड़ा बेहया था। गोपाल जी उसकी किसी बात का जवाब दें या न दें। उन्हें देखते ही वह लपककर उनका पैर छूता था।

काफी दिनों बाद जुन्नू फिर गोपाल जी के पास आ धमका। वह उनका पैर पकड़कर लगा फूट-फूटकर रोने। कुछ देर तक तो गोपाल जी टस से मस नहीं हुए। अन्ततः वे पसीज गये। जुन्नू को डाँटते हुए बोले, "यह क्या नाटक कर रहे हो? छोड़ो मेरा पैर।" जुन्नू दोनों हाथ जोड़कर अपनी विपदा सुनाने लगा, "साहब, मुझे बहुत बड़ी पथरी हो गयी है। अगर ऑपरेशन न हुआ तो मैं मर जाऊँगा। पाँच हजार रुपये की जरूरत है। दे दीजिए साहब। मैंने अपने साले से पैसा माँगा है। उसने तीन महीने बाद पैसा देने को कहा है। वह जैसे ही पैसा देगा, मैं आपका उधार वापस कर दूँगा।" गोपाल जी ने सख्ती से कहा, "मेरे पास नहीं है इतना पैसा। मैं नहीं दे पाऊँगा तुम्हें।" जुन्नू रोते हुए बोला, "ठीक है साहब मत दीजिए पैसा। मेरी एक बिनती मान लीजिए।" "क्या ?" गोपाल जी ने पूछा। जुन्नू उसी स्वर में बोला, "साहब, जब मैं मर जाऊँगा तो मुझे कन्धा देने जरूर आइएगा।"

गोपाल जी से रहा नहीं गया, "अच्छा तुम एक मिनट रुको।" वे अन्दर गये और अपने बैग से पाँच हजार रुपये लेकर आये। उन्होंने पैसे जुन्नू को दिये और कहा, "जाओ अपना ठीक से इलाज कराओ।" जुन्नू ने मन ही मन मुस्कराते हुए उनके हाथ से पैसा लिया और वहाँ से नौ दो ग्यारह हो गया।

उद्घाटन-विमोचन

युद्धवीर प्रदेश के पुलिस महानिदेशक थे। सेवानिवृत्त हो जाने के बाद वे राजनीति में घुस गये। बड़े-बड़े पदों पर रहने वाले प्रायः सेवानिवृत्ति के बाद राजनीति में घुस जाते हैं और प्रायः वे वही पार्टी पकड़ते हैं जिसके सत्ता में आने की सम्भावना होती है। कारण यह होता है कि उन्हें सत्ता सुख भोगने की लत लग जाती है और धमक तथा हनक के बिना उन्हें जिन्दगी व्यर्थ लगती है।

युद्धवीर भी एक सम्भावनाशील पार्टी में शामिल हो गये। चुनाव नज़दीक था। इतने बड़े पद पर रहे व्यक्ति को टिकट मिलना ही था। वे चुनाव जीत गये और उनकी पार्टी सत्ता में आ गयी। युद्धवीर को कैबिनेट मंत्री बना दिया गया। उनकी धमक तथा हनक और बढ़ गयी।

युद्धवीर के चुनाव-क्षेत्र के लोग उनके पास अपना काम लेकर आने लगे। ऐसे लोगों को देखकर युद्धवीर को बड़ा क्रोध आता। उन्हें लगता कि ऐसे लोग खामखा उनके सत्ता सुख में विघ्न डालने पहुँच जा रहे हैं। एक दिन एक गरीब आदमी आकर अपने साथ हुए अत्याचार का दुःखड़ा सुनाने लगा। वे भड़क गये, ''तुम मेरे पास तक पहुँच कैसे गये? तुम्हें पता है, तुम किससे बात कर रहे हो? जब मैं पुलिस महानिदेशक था तो मेरे सामने आने में बड़े-बड़ों की घिग्घी बँध जाती थी। तुम हो कि मुँह उठाये मेरे पास चले आये। तुम्हारी समस्या जिस विभाग के अधिकारी से सम्बन्ध रखती हो, उससे जाकर मिलो। अपने जिले के जिलाधिकारी से मिलो। तुम्हारी समस्या मैं लेकर घूमता फिरूँगा? भागो यहाँ से।''

युद्धवीर के सचिव ने एक दिन उन्हें समझाया, ''सर, अगर अपने क्षेत्र में जाने और अपने क्षेत्र के लोगों से मिलने में आप इसी तरह कतराते रहे तो अगला चुनाव हार जाएँगे। अपने क्षेत्र में प्रतिष्ठित लोगों से मिलिए-जुलिए। उनके घर शादी-ब्याह के कार्यक्रमों में जाइए। मत करिए व्यक्तिगत काम। क्षेत्र में घूम-घूमकर शिलान्यास, उद्घाटन, विमोचन वगैरह करते रहिए इससे जनता को लगेगा कि आप क्षेत्र में सक्रिय हैं और लोगों की सेवा में लगे हुए हैं।

युद्धवीर को अपने सचिव की बात पसन्द आ गयी। उन्होंने सचिव को इस दिशा में सक्रिय हो जाने को कहा।

युद्धवीर क्षेत्र में सक्रिय हो गये। प्रतिष्ठित लोगों के यहाँ शादी-ब्याह, मुण्डन-छेदन, मरनी-करनी में तड़ातड़ हाजिर होने लगे। प्रायः किसी न किसी कार्यक्रम में मुख्य अतिथि बने रहते। क्षेत्र में खूब शिलान्यास होने लगा। उनके करकमलों का स्पर्श पाये पत्थर जगह-जगह दिखने लगे। उद्घाटन-विमोचन का तो उन्होंने रिकार्ड तोड़ दिया। हाँ, उनकी एक आदत अभी तक नहीं बदली थी। कोई अपने व्यक्तिगत काम के लिए कहता या अपनी दुःख-तकलीफ सुनाने लगता तो वे भन्ना उठते थे।

अगला चुनाव हुआ। युद्धवीर चुनाव हार गये। वे क्षेत्र की जनता पर बहुत क्रुद्ध हुए। उन्होंने अपने सचिव से कहा, "क्षेत्र की जनता बहुत एहसान-फरामोश है। मेरे द्वारा किया गया इतना उद्घाटन-विमोचन किसी को नहीं दिखा। मन खट्टा हो गया।"

बहुत ज्यादा ईमानदार आदमी

हरेन्द्र बहादुर राजकीय महाविद्यालय में प्राध्यापक थे। उच्च शिक्षा निदेशालय उत्तर प्रदेश, इलाहाबाद में उनका कुछ काम फँसा हुआ था। वे बहुत दिनों से निदेशालय का चक्कर काट रहे थे, लेकिन उनका काम नहीं हो पा रहा था। समस्या वहीं फँस रही थी जो देश की प्रमुख समस्या है। भ्रष्टाचार! काम सहायक निदेशक के स्तर से होना था और सहायक निदेशक बहुत पैसे माँग रहा था। हरेन्द्र बहादुर इतने छोटे काम के लिए इतना ज्यादा पैसा नहीं देना चाह रहे थे।

हरेन्द्र बहादुर एक दिन अपनी समस्या के बारे में एक साथी प्राध्यापक डॉ. प्रकाश से बात करने लगे। प्रकाश ने उनसे कहा, ''आप अनावश्यक रूप से परेशान हैं। आपको सीधे निदेशक से मिलना चाहिए। मैंने सुना है कि इस समय जो निदेशक हैं वे बहुत ही ज्यादा ईमानदार आदमी हैं। वे अवश्य तुम्हारा काम कर देंगे क्योंकि तुम्हारा काम एकदम सही काम है।''

''तब तो और समस्या होगी।'' हरेन्द्र ने अपना सिर पकड़ लिया।

''क्यों?''

''क्योंकि ईमानदार आदमी तो ठीक होता है लेकिन बहुत ही ज्यादा ईमानदार आदमी बहुत खतरनाक होता है। दरअसल हर बहुत ही ज्यादा ईमानदार आदमी को यह अहंकार होता है कि मैं बहुत ही ज्यादा ईमानदार आदमी हूँ। अपने इस घमंड के चलते वह हर काम में अड़ंगा लगाता है। काम सही हो या गलत, ऐसा आदमी नब्बे प्रतिशत कामों में अड़ंगा लगाता है। वह दस प्रतिशत काम ही होने देता है।''

''चलो मैं तुम्हारे साथ चलकर निदेशक से मिलता हूँ। देखता हूँ कैसे नहीं होता काम?''

दोनों मित्र इलाहाबाद पहुँचे। निदेशालय में पहुँचकर दोनों सीधे निदेशक से मिले। हरेन्द्र बहादुर ने अपनी पूरी समस्या उनको अच्छी तरह समझायी। बताया कि नियमानुसार मेरा काम एकदम सही है। निदेशक ने उनसे आवदेन-पत्र माँगा।

हरेन्द्र बहादुर पहले से ही आवेदन-पत्र लिखकर रखे हुए थे। उन्होंने उसे निदेशक को दे दिया।

निदेशक ने उनका आवेदन-पत्र कई बार पढ़ा। कुछ देर तक तो वे चुप रहे। फिर बोले, "आपके आवेदन-पत्र में एक जगह 'धन' शब्द का प्रयोग हुआ है। मामला मुझे कुछ संदिग्ध प्रतीत हो रहा है। आप लोग माफ करिएगा। अपने स्तर से मैं यह काम नहीं कर पाऊँगा।"

ओलंपिक पदक

दुष्यंत और शिवबालक पड़ोसी थे। दोनों का एक दूसरे के घर बहुत आना-जाना था। कारण यह था कि दोनों एक ही बैंक की एक ही शाखा में क्लर्क थे। कभी दुष्यंत के यहाँ महफिल जमती तो कभी शिवबालक के यहाँ।

उस समय ओलंपिक खेल चल रहे थे। एक दिन रात नौ बजे शिवबालक भागते हुए दुष्यंत के यहाँ आये। दुष्यंत उस समय बैठे टी.वी. देख रहे थे। शिवबालक बोले, ''दुष्यंत बधाई हो! अभी तुमने टी.वी. पर समाचार देखा? हमारे देश के पहलवान राम सिंह ने कुश्ती में रजत पदक जीत लिया।'' दुष्यंत ने कहा, ''हाँ, मैंने समाचार में देखा। तुमको भी बधाई हो!'' शिवबालक बहुत उत्साह में थे, ''राम सिंह अभी केवल इक्कीस साल का है। तुम देखना! अगले ओलंपिक में यह स्वर्ण पदक जीतेगा।'' दुष्यंत हँसने लगे, ''अगले ओलंपिक में यह कुछ नहीं जीत पायेगा।''

''क्यों?''

''क्योंकि इस ओलंपिक से लौटने के बाद यह सैकड़ों स्वागत समारोहों में भाग लेगा। खेलने के बजाय चारों तरफ घूम-घूमकर भाषण देने लगेगा। हजारों से लेकर लाखों के पुरस्कार बटोरता फिरेगा। अक्सर किसी न किसी बड़ी दुकान या अन्य चीज का उद्घाटन करता रहेगा। अब खेलने में ठीक से उसका मन नहीं लगेगा। हो सकता है वह राजनीति में आ जाय और कहीं से सांसद, विधायक बन जाय। मन लगाकर जितना खेलना था, वह खेल चुका। लगातार विश्वस्तरीय खिलाड़ी बने रहने के लिए बड़ी तपस्या करनी पड़ती है। स्वागत लेते-लेते मेहनत करने का वह जज्बा हमारे देश के खिलाड़ियों में समाप्त हो जाता है।''

एक्सपायरी डेट

डॉ. श्रीसंत महाविद्यालय में भूगोल के प्राध्यापक थे। स्वभाव काफी रसिक मिजाज था। भूगोल विषय में प्रैक्टिकल भी होता है। प्रैक्टिकल का काफी अंक अपने महाविद्यालय के प्राध्यापक के ही हाथ में होता है। प्रैक्टिकल में नम्बर दिलाने का लालच देकर श्रीसंत कभी-कभी विभाग की लड़कियों को पटा भी लेते थे।

डॉ. श्रीसंत का विचित्र स्वभाव था। महाविद्यालय में कई महिला प्राध्यापक भी थीं। वे किसी महिला प्राध्यापक को कभी लाइन नहीं मारते थे। उनसे एक सम्मानजनक दूरी बनाये रहते। वे केवल अपनी छात्राओं को ही लाइन मारते और भरपूर मारते। स्टाफ रूम में सभी पुरुष प्राध्यापक बैठे रहते तो कभी-कभी उनसे कोई मजाक कर देता, "क्या श्रीसंत जी, आप हमेशा लड़कियों के ही पीछे पड़े रहते हैं। इतनी महिलाएँ भी तो आपके साथ पढ़ा रही हैं। उनमें अपना शिकार क्यों नहीं तलाशते?" श्रीसंत मुस्कराते हुए उत्तर देते, "आप लोग यह रहस्य नहीं समझेंगे। हम लोगों के साथ जो महिलाएँ पढ़ा रही हैं, उनकी एक्सपायरी डेट बीत चुकी है। जिस दवा की एक्सपायरी डेट बीत चुकी हो, उसे नहीं खाना चाहिए। बाजार में जो नयी पैकिंग वाली दवाएँ आएँ, उनका इस्तेमाल करना चाहिए। ताजी-ताजी चीजों का स्वाद अलग ही मज़ा देता है। कभी इस्तेमाल करके देखिए, तब समझ में आयेगा।"

डॉ. श्रीसंत अपनी दुनिया में मगन थे। लड़कियों को लाइन मारना जारी था। एक चूक हो गयी। उन्होंने एक गलत नम्बर मिला दिया।

सम्पन्न परिवार की एक शरीफ लड़की थी। लाइन मारते-मारते श्रीसंत उससे छेड़खानी कर बैठे। उस लड़की ने चप्पल उतारा और दे दनादन चालू हो गयी। लड़कों ने यह घटना देखी। सब श्रीसंत की आशिक मिजाजी से परिचित थे। लड़के भी उन पर टूट पड़े। बड़ी मार पड़ी श्रीसंत को उस दिन। गनीमत यही रही कि लड़की ने कहीं अपनी शिकायत नहीं दर्ज करायी।

पूरे महाविद्यालय में हाहाकार मच गया। श्रीसंत लम्बी छुट्टी पर चले गये। एक प्राध्यापक ने मजा लेते हुए दूसरे प्राध्यापक से कहा, ''श्रीसंत सबकी एक्सपायरी डेट तो देखते थे, लेकिन अपनी नहीं देखते थे। उनको कभी यह ध्यान में नहीं आया कि उनकी भी एक्सपायरी डेट बीत चुकी है।''

सूरज की चमक

डॉ. जयनाथ इलाहाबाद के एक महाविद्यालय में दर्शनशास्त्र के प्राध्यापक थे। बहुत ही योग्य व्यक्ति थे, लेकिन इलाहाबाद विश्वविद्यालय और उसके महाविद्यालयों में व्याप्त जातीय राजनीतिक समीकरण में वे फिट नहीं बैठ पाते थे। परिणाम यह था कि उन्हें कदम-कदम पर उपेक्षा सहनी पड़ती।

इलाहाबाद विश्वविद्यालय में प्रायः दर्शन विभाग की ओर से एक न एक राष्ट्रीय संगोष्ठी होती रहती। दर्शन में 'ज' जाति का वर्चस्व था। हर राष्ट्रीय संगोष्ठी में 'ज' जातिवाले पूरी तरह हावी रहते। 'ज' जाति का ही कोई मुख्य अतिथि रहता, 'ज' जाति का ही कोई अध्यक्ष रहता। संगोष्ठी में विषय प्रवर्तन भी कोई 'ज' जातिवाला ही करता। समापन समारोह में भी मुख्य अतिथि और अध्यक्ष 'ज' जाति के लोग ही रहते। संगोष्ठी के आयोजक और कर्ताधर्ता सब 'ज' जातिवाले। 'ज' जातिवाले दूसरी जातिवालों को इज़्ज़त नहीं देते थे।

डॉ. जयनाथ भी हर संगोष्ठी में अपना शोध-पत्र लेकर जाते। बहुत हाथ-पाँव मारने पर भी उन्हें अपना शोध-पत्र नहीं पढ़ने मिलता था। अन्य जाति वालों की तरह वे भी संगोष्ठी में एक तरफ सहमे-सिकुड़े बैठे रहते। आयोजकों को पता रहता था कि जयनाथ बहुत ही योग्य व्यक्ति हैं, अतः उनके साथ सब विशेष दुर्व्यव्यवहार करते।

हारकर डॉ. जयनाथ ने विभाग की तरफ से होने वाली संगोष्ठियों में जाना ही छोड़ दिया। वे अपना व्यक्तिगत रूप से लेखन-कार्य करने में जुट गये। शोधपरक लेखों और पुस्तकों के बजाय हिन्दी और अंग्रेजी में वे मौलिक चिन्तन प्रस्तुत करने लगे। बीस साल के भीतर देश के बड़े-बड़े प्रकाशनों से उनकी लगभग पच्चीस पुस्तकें छप गयीं। देश का हर दर्शनविद् उन्हें जानने लगा। उनके मौलिक चिन्तन की धाक जम गयी।

इलाहाबाद विश्वविद्यालय के दर्शन विभाग की ओर से होने वाली राष्ट्रीय संगोष्ठियों में जो भी व्यक्ति बाहर से आया रहता, वह आयोजकों से जयनाथ के

बारे में पूछता। बाहर के लोग इन संगोष्ठियों पर प्रश्नचिन्ह खड़ा करने लगे। वे कहते कि हो रही है राष्ट्रीय संगोष्ठी और उसमें अपने शहर का ही दर्शन का सबसे बड़ा विद्वान अनुपस्थित है।

धीरे-धीरे आयोजक शर्मिन्दा होने लगे। अपनी ही बिरादरी के बाहर से आनेवाले टोकाटाकी कर रहे थे।

आयोजकगण मिलकर जयनाथ के पास पहुँच गये। बड़े आदर और विनम्रता से उनसे प्रार्थना की कि हमारी अगली संगोष्ठी में आप ही मुख्य अतिथि रहेंगे। जयनाथ भौंचक्के रह गये। उन्हें इन संगोष्ठियों में अपने साथ किया जाने वाला दुत्कार भरा व्यवहार अच्छी तरह याद था। वे समझ गये कि ये लोग मुझे इज़्ज़त देने नहीं बल्कि अपनी इज़्ज़त बचाने आये हैं। उन्होंने दोनों हाथ जोड़कर कहा, "आप लोगों ने मुझे इस सम्मान के लायक समझा, इसके लिए बहुत-बहुत धन्यवाद। मैं आप लोगों का कृतज्ञ हूँ परन्तु मैं किसी भी कीमत पर आपकी संगोष्ठी में आ नहीं पाऊँगा।"

गुड़गाँवाँ में

वह इलाहाबाद में स्थित इलाहाबाद विश्वविद्यालय का एक संघटक महाविद्यालय था। भिन्न-भिन्न जगहों के प्राध्यापक उसमें पढ़ाते थे। तीन-चार ऐसे प्राध्यापक भी थे, जो इलाहाबाद के ही मूल निवासी थे।

महाविद्यालय में एक महिला प्राध्यापक थीं, नाम था डॉ. मेघना। मेघना मूलरूप से गुड़गाँव (हरियाणा) की रहने वाली थीं। एकदम हट्टी-कट्टी और लम्बी-चौड़ी थीं। मर्दों को एक झापड़ मार दें तो वह जमीन पकड़ ले। वैसा ही दबंग स्वभाव। अपने आगे किसी को कुछ समझती नहीं थीं।

उनकी एक विचित्र आदत थी। जहाँ सब लोगों के बीच बैठतीं, शुरू कर देतीं अपने गुड़गाँवों की तारीफ़। हमारे गुड़गाँवों में ऐसा होवे है, हमारे गुड़गाँवों में वैसा होवे है, हमारे गुड़गाँवाँ में ऐसी सुविधाएँ हैं, हमारे गुड़गाँवाँ में वैसी सुविधाएँ हैं। गुड़गाँवाँ की तारीफ़ पर ही रुक जातीं तो गनीमत थी। वे इलाहाबाद में हजार कमियाँ निकालती थीं और इलाहाबाद को लाखों गालियाँ देती थीं।

महाविद्यालय में जो मूल इलाहाबादी थे, उनकी इस आदत पर कसमसा कर रह जाते। जब वे इलाहाबाद को गाली देने लगतीं तो उन्हें बहुत बुरा लगता था। एक दिन एक इलाहाबादी से उनकी झड़प हो ही गयी। वह भी चालू हो गया, "बीसों साल से आप इलाहाबाद में रह रहीं हैं और इलाहाबाद की दी हुई रोटी खा रही हैं, फिर भी हमेशा इलाहाबाद को गाली देती रहती हैं। आपका गुड़गाँव होगा बहुत महान। हमारा इलाहाबाद आपके गुड़गाँव से अच्छा है।" फिर क्या था? डॉ. मेघना फायर हो गयीं। वे लगीं चिल्ला-चिल्लाकर इलाहाबादी को हड़काने। उसने कुछ देर तक तो मोर्चा लिया, फिर हारकर आत्मसमर्पण कर दिया।

उस दिन महाविद्यालय का वार्षिक समारोह हो रहा था। मुख्य अतिथि के आने में अभी समय था। सारे प्राध्यापक उपस्थित थे। डॉ. मेघना शुरू हो गयीं।

हमारा गुड़गाँवा तो ऐसा अच्छा है, इलाहाबाद बहुत घटिया है। अचानक पीछे से एक इलाहाबादी जोर से चिल्लाया, ''हमारे गुड़गाँवाँ में तो तरबूज के बराबर अंगूर होवे हैं तुम्हारे इलाहाबाद में तो अंगूर सरसों जितने बड़े होवे हैं।'' सब लोग बहुत तेज ठहाका मारकर हँसने लगे।

बजट

परमानन्द भारतीय स्टेट बैंक में सहायक महाप्रबन्धक थे। वेतन अच्छा खासा था। परिवार का आर्थिक प्रबन्ध पत्नी देखती थी। परमानन्द के अपने भी कुछ खर्चे थे जिसका बजट उनके पास रहता था और वह कहाँ खर्च हो रहा है, किसी को भनक नहीं लगती थी।

परमानन्द हर महीने दस से पन्द्रह हजार का बजट कालगर्ल के लिए रखते थे। कालगर्ल की फीस, सुरक्षित स्थान की खोज, लड़की उपलब्ध करानेवाले की फीस, कुल मिलाकर पन्द्रह हजार के आसपास खर्च ही हो जाते थे। महीने में एक बार बीस-इक्कीस साल की लड़की का भोग लगाकर वे तरोताजा हो जाते थे।

उस महीने पत्नी ने पन्द्रह हजार की अतिरिक्त माँग कर दी। ऐसा लम्बा-चौड़ा कारण परमानन्द को समझाया कि उनकी कुछ समझ में ही नहीं आया। बस इतना समझ में आया कि पन्द्रह हजार हर हाल में देने पड़ेंगे। उनकी समझ में नहीं आ रहा था कि अपने बजट में कहाँ कटौती करूँ।

बहुत देर तक सिर खपाने के बाद वे मन ही मन बुदबुदाये, 'इस महीने कालगर्ल का बजट पत्नी पर ही खर्च कर देता हूँ। पत्नी को ही कालगर्ल मान लूँगा। कालगर्ल का काम पत्नी से ही निकाल लूँगा।'

ग्रह-नक्षत्र

समीक्षा ने जैसे ही स्नातक की उपाधि प्राप्त कर ली, जी-जान से प्रतियोगी परीक्षाओं की तैयारी में जुट गयी। वह किसी भी कीमत पर एक अदद अच्छी नौकरी चाहती थी इसीलिए वह अपने शहर से दूर इस शहर में आकर किराये का कमरा लेकर रह रही थी। पढ़ने में अच्छी थी, अतः परिवार के लोग भी हर तरफ से उसका सहयोग कर रहे थे।

समीक्षा एक तरफ प्रतियोगी परीक्षाएँ दे रही थी, वहीं दूसरी तरफ एम.ए. भी कर रही थी। एम.ए. करके वह जे.आर.एफ. की भी परीक्षा देना चाहती थी। दिमाग में विचार था कि पीएचडी भी कर लिया जाय। नौकरी का एक और रास्ता खुल जाएगा। किसी महाविद्यालय या विश्वविद्यालय में प्राध्यापक की नौकरी मिल गयी तो जिन्दगी बन जाएगी।

वह जमकर पढ़ रही थी। प्रतियोगी परीक्षाओं में कभी प्रारम्भिक परीक्षा उत्तीर्ण हो जाती तो मुख्य परीक्षा में गाड़ी फँस जाती। प्रारम्भिक और मुख्य परीक्षा दोनों निकल जाती तो साक्षात्कार में जाकर वह लटक जाती। किस्मत साथ नहीं दे रही थी, लेकिन वह हिम्मत नहीं हार रही थी।

पीएचडी पूरी हो गयी। समीक्षा दोनों तरफ हाथ-पाँव मारने लगी। किसी भी विश्वविद्यालय या महाविद्यालय में प्राध्यापक का विज्ञापन निकलता तो वह तुरंत आवेदन करती। उधर प्रतियोगी परीक्षाओं में हाथ-पाँव मार रही थी तो इधर प्राध्यापक बनने के लिए प्रयासरत थी।

इतनी मेहनत के बावजूद समीक्षा को कहीं भी सफलता नहीं मिल पा रही थी। धीरे-धीरे वह हताश होने लगी। घरवाले बिना कोई प्रश्न किये इतने वर्षों से उसका खर्च सँभाल रहे थे। यह बात भी दिमाग में अपराध-बोध पैदा करने लगी। हारकर वह एक ज्योतिषी की शरण में पहुँच गयी।

ज्योतिषी जी अकेले बैठे हुए थे और फुरसत में थे। समीक्षा ने अपनी सारी व्यथा उन्हें विस्तार से सुना दी। ज्योतिषी ने तुक्का मारा, "आप मेरी बात को

अन्यथा मत लीजिएगा। मैं पूरे दावे के साथ कह सकता हूँ कि आपको कभी कामसुख नहीं प्राप्त हुआ है।'' समीक्षा संकोच के साथ बोली, ''आप सही कह रहे हैं।'' ज्योतिषी बोले, ''आपके ग्रह अनुकूल फल देने लगेंगे। अपने किसी मित्र के साथ कामसुख प्राप्त करिए। आपको नौकरी मिल जाएगी।...वैसे अगर आप चाहें तो ग्रह-नक्षत्रों की चाल देखकर मैं विधि-विधान से आपको कामसुख प्रदान कर दूँ। आपकी मनोकामना पूरी हो जाएगी।'' समीक्षा ने झिझकते-झिझकते ज्योतिषी को अपनी सहमति दे दी। ज्योतिषी मन ही मन खुशी से उछल पड़े। घर में वे अकेले रहते थे। समीक्षा को अन्दर ले जाकर उन्होंने उसके साथ जमकर काम-क्रीड़ा की।

समीक्षा जब जाने लगी तो ज्योतिषी ने उसे समझाया, ''कहीं और जाने के बजाय तुम मेरे पास ही आ जाया करो। मैं पूरे विधि-विधान से तुम्हारे साथ इस तरह कामक्रीड़ा करूँगा कि सारे ग्रह-नक्षत्र अनुकूल हो जाएँगे।''

वाहवाही की हकीकत

प्रदेश में चुनाव हुआ। 'ट' पार्टी ने चुनाव में पूर्ण बहुमत प्राप्त किया। उसकी सरकार बन गयी। 'ट' पार्टी को प्रदेश में पहली बार बहुमत प्राप्त हुआ और प्रदेश में पहली बार उसकी सरकार बनी। उसने सोचा कि प्रदेश की प्रगति के लिए कुछ ठोस काम किया जाय, जिससे अगली बार चुनाव में फिर विजय मिले।

पार्टी ने सोचा कि शिक्षा किसी भी देश या प्रदेश विकास की रीढ़ होती है। सबसे पहले प्रदेश की शिक्षा व्यवस्था को स्तरीय और साफ-सुथरा बनाया जाय। सरकार इस काम में जोर-शोर से लग गयी।

शिक्षा व्यवस्था के उच्चीकरण के लिए जोर-शोर से प्रयास होने लगे। सरकार ने नकल व्यवस्था पर सख्ती से रोक लगा दी। महाविद्यालय और विश्वविद्यालयों के साथ हाईस्कूल और इंटरमीडिएट की बोर्ड परीक्षाओं में भी कड़ाई होले लगी। प्रदेश में नकल माफिया की कमर टूट गयी। पूरी शुचिता के साथ परीक्षाएँ होने लगीं।

आम जनता से लेकर मीडिया तक सब सरकार के इस कदम की तारीफ़ करने लगे। चारों तरफ सरकार की वाह-वाह होने लगी। आम जनता के बीच में सरकार की इतनी लोकप्रियता से विरोधी दल सकपका गये। मजबूरी में वे भी सरकार के इस कदम की प्रशंसाा करने लगे। हाईस्कूल और इंटरमीडिएट बोर्ड की परीक्षाओं का परीक्षाफल बीस से पच्चीस प्रतिशत तक पहुँच गया। निठल्लों और नकलचियों का स्नातक बनने का सपना चूर-चूर हो गया।

धीरे-धीरे अगला चुनाव नज़दीक आ गया। मीडिया और आम जनता से मिल रही प्रशंसा से 'ट' पार्टी का मनोबल आसमान पर था। वह अपनी विजय निश्चित मानकर चल रही थी। इसी बीच विरोधी पार्टी 'ठ' ने एक नया दाँव चल दिया। उसने घोषणा कर दी कि यदि उसकी पार्टी चुनाव जीतती है और 'ठ' पार्टी की सरकार बनती है तो छात्रों के ऊपर से नकल करने की सारी सख्ती हटा ली जाएगी। 'ठ' पार्टी इस बात को साफ-साफ नहीं कर रही थी, लेकिन उसके कहने का आशय यही था कि छात्रों को नकल करने की पूरी छूट दे दी जाएगी।

चुनाव में परीक्षा देने वाले अधिकांश युवक 'ठ' पार्टी के साथ हो गये। उनके अभिभावक ऊपर से 'ट' पार्टी की प्रशंसा कर रहे थे, लेकिन अन्दर ही अन्दर वे भी 'ठ' पार्टी की ओर हो गये। नकल रुक जाने से उनके बच्चे पास नहीं हो पा रहे थे। जिनके बच्चे पास हो जा रहे थे, उनके बच्चों के प्राप्तांक बहुत ही कम थे।

चुनाव हुआ। 'ठ' पार्टी जबर्दस्त बहुमत से जीती। परीक्षाओं में नकल की खुली छूट मिल गयी। परीक्षा के परिणाम बीस-पच्चीस से सीधे अस्सी-नब्बे प्रतिशत पर पहुँचने लगे। उधर 'ट' पार्टी जनता की झूठी वाहवाही लिये अपने कर्मों पर बिसूर रही थी।

विकास का गणित

प्रदेश सरकार हर मोर्चे पर विफल सिद्ध हो गयी थी। पूरे प्रदेश की शिक्षा व्यवस्था राम भरोसे से चल रही थी। कानून-व्यवस्था एकदम से ध्वस्त हो गयी थी। हर जिले में अपराधों की भरमार हो गयी थी और अपराधी एकदम बेखौफ होकर घूम रहे थे। भ्रष्टाचार अपने चरम पर था। काम सही हो या गलत। बिन रिश्वत दिये, कहीं कोई फाइल आगे नहीं बढ़ रही थी। प्रदेश में विकास के सारे काम एकदम ठप पड़ गये थे। सत्तारूढ़ पार्टी के शासन करते तीन साल हो गये थे। तीन साल में जनता बेहाल हो चुकी थी।

प्रदेश के मुख्यमंत्री को प्रदेश की सारी स्थिति की जानकारी थी। खुफिया विभाग बराबर उन्हें प्रदेश की खस्ताहाल हो रही स्थिति की जानकारी दे रहा था। मुख्यमंत्री चिन्तित थे कि अगला चुनाव धीरे-धीरे नजदीक आ रहा है। किस मुँह से पार्टी जनता के बीच वोट माँगने जाएगी?

मुख्यमंत्री ने सोचा कि विकास का कोई ढंग का काम नहीं हो रहा है। कुछ ऐसा शानदार काम किया जाय कि सारा देश चमत्कृत हो जाय। उन्होंने घोषणा कर दी कि प्रदेश की राजधानी से पाँच सौ किलोमीटर तक आठ लेन की एक शानदार सड़क बनायी जाएगी। सड़क बहुत चौड़ी होगी। साल भर के अन्दर ही यह सड़क बन भी जाएगी।

जोर-शोर से सड़क बनने का काम चालू हो गया। मुख्यमंत्री सारे काम की खुद निगरानी कर रहे थे। बहुत उच्च गुणवत्तावाली आठ लेन की सड़क बनने लगी। सड़क बहुत चौड़ी थी। सचमुच साल भर के अन्दर सड़क बनकर तैयार हो गयी।

ऐसी शानदार सड़क पूरे देश में नहीं थी। अखबारों और टी.वी. चैनलों में सड़क के चित्र बार-बार छपने लगे और उसकी खूब तारीफ़ होने लगी। देश के सारे लड़ाकू विमान उन सड़कों पर उतरे और उन पर से उड़ान भरी। प्रदेश की जनता को पहली बार अपनी सरकार पर गर्व हुआ। पूरे देश में उस सड़क की चर्चा होने लगी।

पार्टी में मुख्यमंत्री के एक रिश्तेदार भी थे जो मुख्यमंत्री को अक्सर सलाह देते रहते थे। एक दिन उन्होंने मुख्यमंत्री से कहा, ''आपने चुनाव को देखते हुए विकास का इतना शानदार काम किया, यह तो बहुत अच्छा हुआ। जनता पर बहुत अच्छा असर पड़ेगा लेकिन चुनाव के लिए पैसा भी चाहिए। पैसे की व्यवस्था भी तो करिए।'' मुख्यमंत्री मुस्कराये, ''आपने मुझे बेवकूफ समझ रखा है क्या? सड़क बनने में कुल जिनता खर्च आया, उसका दस गुना मैंने सड़क बनने के लिए बजट स्वीकृत कर रखा था। सीधे-सीधे नौ गुना पैसा मैंने बचा लिया है। विकास करने के लिए भी वाहवाही हो रही है और चुनाव लड़ने के लिए पैसे की भी व्यवस्था हो गयी।''

असहाय जनता

कौशल जी के विधानसभा क्षेत्र के विधायक थे, प्रचण्ड। वे प्रदेश सरकार में मंत्री थे। प्रचण्ड का क्षेत्र में काफी दबदबा था और वे अपने विधानसभा क्षेत्र के लिए भरपूर काम भी करते थे परन्तु कौशल जी प्रचण्ड को पसंद नहीं करते थे।

प्रचण्ड महाकुकर्मी व्यक्ति थे। सरकारी पैसा लूटने में उनका कोई सानी नहीं था। उनके मंत्रालय की तरफ से जितने काम होते, उनमें वे भरपूर पैसा खाते। सुरा-सुन्दरी के भी वे शौकीन थे। अगर कोई व्यक्ति उन्हें बहुत सुन्दर कन्या पेश कर दे तो उसका काम तुरंत होता था। हथियारों का उन्हें काफी कम उम्र से शौक लग गया था। अपने विरोधियों को गुपचुप तरीके से मरवाकर फिंकवा देना उनक बायें हाथ का खेल था। उनके इन्हीं सब कृत्यों के कारण कौशल जी उनसे चिढ़ते थे।

प्रचण्ड 'अ' पार्टी के विधायक थे। अपने पाँच साल के कार्यकाल में 'अ' पार्टी ने कुछ खास सकारात्मक काम नहीं किये। हाँ, नकारात्मक कामों की फेहरिस्त भले बड़ी लम्बी थी। चुनाव आते-आते 'अ' पार्टी प्रदेश में काफी अलोकप्रिय हो गयी। तय हो गया कि 'अ' पार्टी चुनाव में हार जाएगी। 'ब' पार्टी की काफी अच्छी हवा बन गयी।

प्रचण्ड 'अ' पार्टी छोड़कर 'ब' पार्टी में शामिल हो गये। 'ब' पार्टी ने बड़ी धूम-धाम और गाजे-बाजे के साथ प्रचण्ड को अपनी पार्टी में शामिल किया। 'ब' पार्टी ने ऐसा प्रदर्शित किया जैसे प्रचण्ड को अपनी पार्टी में शामिल करके ही वह चुनाव जीत गयी। चुनाव सम्पन्न हुआ। कौशल जी ने प्रचण्ड के कुकर्मों के चलते उन्हें अपना मत नहीं दिया। चुनाव परिणाम आया। 'ब' पार्टी पूर्ण बहुमत के साथ चुनाव जीती। कौशल जी के क्षेत्र से 'ब' पार्टी के टिकट पर प्रचण्ड ही जीते।

'ब' पार्टी की सरकार बनी। प्रचण्ड फिर मंत्री बन गये। कौशल जी को बहुत बुरा लगा। जब उन्हीं पुराने लोगों को मंत्री बनना है तो सत्ता परिवर्तन का मतलब ही क्या हुआ? प्रचण्ड इस सरकार में भी वैसे ही थे। अपने समस्त कुकर्मों के साथ सुशोभित।

पाँच साल के कार्यकाल में 'ब' पार्टी भी प्रदेश में अलोकप्रिय हो गयी। उसने भी क्रिया-कलाप 'अ' पार्टी से भिन्न नहीं थे। पूरे प्रदेश में उसी तरह अराजकता, भ्रष्टाचार और कुशासन का बोलबाला था। चुनाव नजदीक आ गये। प्रदेश की जनता अबकी बार 'अ' और 'ब' दोनों पार्टियों को जिताने के पक्ष में नहीं थीं। एक तीसरी पार्टी 'स' की लहर चल पड़ी।

प्रचण्ड ने 'ब' पार्टी भी छोड़ दी। वे 'स' पार्टी में शामिल हो गये। 'स' पार्टी ने भी उन्हें हाथोहाथ लिया। खूब उत्साह और गर्मजोशी से उन्हें पार्टी में शामिल किया गया। यह प्रचारित किया गया कि 'ब' पार्टी के सारे बड़े नेताओं का 'ब' पार्टी से मोहभंग हो गया है और वे सब 'स' पार्टी में शामिल हो रहे हैं। चुनाव हुआ। कौशल जी भी मत देने गये। वे उपर्युक्त में कोई भी प्रत्याशी पसंद नहीं का बटन दबाकर चले आये।

चुनाव परिणाम आया। 'स' पार्टी बहुमत के साथ चुनाव जीती। उसकी सरकार बनी। प्रचण्ड शान से फिर मंत्री बने।

ईश्वर की सीख

यशस्वी नीचे की कक्षाओं में शानदार ढंग से उत्तीर्ण होता हुआ विश्वविद्यालय में पहुँच गया। यशस्वी पढ़ने में असाधारण रूप से मेधावी था, साथ ही बड़ा हठी था। पढ़ने में उसे आनन्द आता था। पिता जी ऐसी नौकरी में थे कि उनका देश भर में स्थानान्तरण होता रहता था। नतीजा यह होता था कि यशस्वी भी पिता जी के साथ एक स्थान से दूसरे स्थान पर पहुँच जाता। साल-दो साल में उसका विद्यालय बदल जाता। गुस्सैल और हठी होने के कारण वह बर्दाश्त नहीं कर पाता था कि कक्षा में उसके अलावा कोई दूसरा प्रथम आये। अच्छे से अच्छे प्रतिद्वंद्वियों को पछाड़ता हुआ अंततः वह अपनी विजय पताका फहरा देता। जैसे कोई प्रचण्डवीर अकेले ही सारी विरोधी सेना को तहस-नहस करता हुआ अन्त में विजयी शंखनाद करता है, वैसे ही यशस्वी करता था।

यशस्वी एक ऐसा लड़का था, जिस पर किसी भी माँ-बाप को गर्व हो। विशुद्ध शाकाहारी, हर प्रकार के नशे, यहाँ तक कि पान से भी दूर रहने वाला, लड़कियों से सदा एक दूरी बनाकर रखने वाला, पर्याप्त समय तक खेल-कूद में भी लगा रहने वाला, पिक्चर-सिनेमा से एकदम दूर, परम आस्तिक-हनुमान जी का एकदम भक्त।

यशस्वी ने अपना एकमात्र लक्ष्य बना रखा था, आई.ए.एस. अर्थात् भारतीय प्रशासनिक सेवा में चयन। केवल चयन मात्र उसका लक्ष्य नहीं था। वह दृढ़प्रतिज्ञ था कि आई.ए.एस. की परीक्षा की मेरिट लिस्ट में हर हालत में एक से दस के बीच में स्थान बनाना है। इसके लिए वह भाग्य या ईश्वर की दया पर निर्भर नहीं था। उनका मानना था कि यदि मैं कठोर परिश्रम करूँगा तो सफल कैसे नहीं होऊँगा? इसमें भाग्य या ईश्वर की कृपा की क्या जरूरत?

यशस्वी ने बी.ए. की परीक्षा उत्तीर्ण कर ली और वह एम.ए. में पहुँच गया। आई.ए.एस. की परीक्षा की आयु सीमा थी—इक्कीस से अट्ठाइस वर्ष। इसके बीच केवल तीन अवसर। यशस्वी जैसे ही इक्कीस साल का हुआ, वह भयंकर रूप से बीमार पड़ गया। उसने चारपाई पकड़ ली। यशस्वी के माँ-बाप परेशान होकर उसे

डॉक्टरों के पास लेकर दौड़ने लगे। हर तरह की जाँच में रिपोर्ट एकदम सामान्य आ रही थी। डॉक्टर भी परेशान थे। यशस्वी की बीमारी डॉक्टरों की पकड़ में ही नहीं आ रही थी। उधर यशस्वी ज्यादा चल-फिर तक नहीं पा रहा था। डॉक्टर अन्दाज से दवाएँ दे रहे थे।

साल भर बीत गये। यशस्वी की स्थिति में कोई सुधार नहीं हो रहा था। यशस्वी के माँ-बाप ने एक नामी वैद्य के बारे में सुना। वे लोग यशस्वी को उनके पास ले गये। वैद्य जी ने यशस्वी की नाड़ी देखी। उन्होंने कहा, ''लड़का ठीक हो जाएगा, लेकिन ठीक होने में समय लगेगा। अगर आप लोगों में धैर्य हो तो मैं इलाज करूँगा वर्ना नहीं।'' मरता क्या न करता? यशस्वी के माँ-बाप मान गये।

वैद्य जी का इलाज शुरू हुआ। लगभग छः महीने बाद यशस्वी की हालत सुधरने लगी। वैद्य जी का इलाज चलता रहा। कई साल चला इलाज अन्ततः यशस्वी ठीक हो गया। उसकी उम्र सत्ताइस साल हो गयी।

यह तय हो गया कि यशस्वी आई.ए.एस. की परीक्षा नहीं दे सकेगा। एक दिन ऐसे ही बैठकर यशस्वी सोचने लगा, 'मैंने बहुत कष्ट भोगा, लेकिन इसके पीछे भी ईश्वर का एक मकसद छुपा था। वह मुझे सीख देना चाहता था। मैं सोचता था कि यदि मैं परिश्रम करूँगा तो आई.ए.एस. बनूँगा कैसे नहीं? इसमें ईश्वर का कौन सा एहसान? ईश्वर ने मुझे समझाया है कि परिश्रम करना भी मनुष्य के हाथ में नहीं होता। यह ईश्वर की बहुत बड़ी कृपा होती है कि वह मनुष्य को इस लायक रखे कि मनुष्य परिश्रम करने लायक रहे। परिश्रम करना भी मनुष्य के हाथ में नहीं है।'

उचित-अनुचित

देवांग और जगेश एम.ए. कर चुके थे। दोनों बहुत घनिष्ठ मित्र थे। इस समय इलाहाबाद में किराये पर एक कमरा लेकर दोनों साथ रह रहे थे। प्रतियोगी परीक्षाओं की तैयारी में जुटे थे दानों। समाज की परिभाषा के हिसाब से देवांग एक अच्छा लड़का था। माँस-मदिरा, तंबाकू-सिगरेट आदि हर दुर्गण से दूर। जगेश पढ़ने में अच्छा था, लेकिन था तमाम अवगुण-सम्पन्न। विपरीत स्वभाव होने पर भी दोनों में पटती थी।

एक दिन जगेश कपड़ा पहनकर कहीं जाने के लिए तैयार हो रहा था। देवांग ने पूछा, ''किधर निकल रहे हो?'' ''पूछो मत कि मैं कहाँ जा रहा हूँ। तुमको भी साथ चलना हो तो बताओ?'' जगेश बोला। देवांग ने कहा, ''कहीं घूमने चल रहे हो तो मैं भी चलता हूँ।'' जगेश पूरी गम्भीरता से मुस्कराया, ''जा रहा हूँ मीरगंज। किसी लड़की का भोग लगाने। चलोगे?'' देवांग खिसिया गया, ''कभी नीतिशास्त्र पढ़ा होता तो पता चलता। तुम एक गलत काम करने जा रहे हो।'' ''यार इसमें गलत क्या है?'' जगेश ने पूछा।

देवांग व्याख्या करने लगा, ''डॉ. जानसन बहुत बड़े नीतिशास्त्री थे। उनका कहना है कि यदि परिणाम के साथ प्रयोजन या हेतु भी उचित हो, तभी कोई कार्य उचित होता है। तुम लड़की को पैसा दोगे, यह तो ठीक है लेकिन तुम्हारा प्रयोजन या हेतु उचित नहीं है। डॉ. जानसन ने एक उदाहरण दिया है। यदि तुम किसी भिखारी की ओर एक सिक्का उसका सर फोड़ने के इरादे से फेंकते हो और भिखारी उस सिक्के को उठा लेता है और उससे खाने की सामग्री खरीद लेता है; तो यहाँ आपके कार्य का बाह्य परिणाम तो शुभ है, लेकिन आपके सन्दर्भ में यह कार्य गलत है।''

जगेश बड़े धैर्य से बोला, "मैंने नीतिशास्त्र तो नहीं पढ़ा है, लेकिन तुम डॉ. जानसन को ठीक से नहीं समझ पा रहे हो। डॉ. जानसन का मतलब है कि आपने थोड़ा सा बुरा सोचा तो क्या हुआ? कार्य का परिणाम तो अच्छा हुआ। वे भी मन ही मन चाहते रहे होंगे कि मारने के बहाने ही सही, लोग भिखारी की ओर सिक्का फेंके और वह उन्हें उठा-उठाकर खाने की सामग्री खरीदे।"

मायापति की माया

मायापति और निशाकर पड़ोसी थे। निशाकर एक बात से बहुत हैरान रहते थे। वे समझ नहीं पाते थे कि मायापति ऐसा कौन सा जादू जानते हैं कि जिस चीज को वे बीस रुपये में खरीदकर लाते उसे मायापति पन्द्रह रुपये में ही खरीद लेते। मायापति मोलभाव करने की अज़ीब-अज़ीब तरकीबें आजमाते थे, जिनकी निशाकर को हवा नहीं लगने पाती थी।

एक बार निशाकर एक फ्रिज खरीदकर लाये, जिसका दाम था, सत्तर हजार रुपये। वे मायापति और उनकी पत्नी को अपने घर बुलाकर बड़े शान से उन्हें अपना फ्रिज दिखाने लगे। वे अपने फ्रिज की ऐसी-ऐसी विशेषताएँ बता रहे थे कि मायापति की पत्नी जलभुनकर राख हुई जा रही थीं। निशाकर की पत्नी गर्व से अलग ऐंठ रही थीं।

घर आकर मायापति की पत्नी ने मायापति को अपना फरमान सुना दिया, "हमारा फ्रिज बीस साल पुराना हो गया है। अब ठीक से काम नहीं करता। हमारे घर भी नया फ्रिज आयेगा और ठीक वही फ्रिज जो निशाकर खरीदकर लाये हैं। फ्रिज कल ही आयेगा। मैं एक बहाना नहीं सुनूँगी।" मरता क्या न करता? मायापति मान गये।

अगले दिन मायापति ने बहुत पुराने-धुराने कपड़े पहने। खटारा साइकिल उठाई। चल दिये फ्रिज खरीदने।

फ्रिज की दुकान पर पहुँचकर वे अपनी साइकिल दुकान के अन्दर घुसाने लगे। दुकान के कर्मचारियों ने उन्हें दौड़ा लिया, "अबे साइकिल बाहर कर! दुकान में कहाँ घुस रहा है?" मायापति का मन्तव्य पूरा हो गया। दुकान के सारे कर्मचारियों ने देख लिया कि बन्दा खटारा साइकिल से आया है। उनकी वेशभूषा इत्यादि से कर्मचारियों ने उन्हें कोई मजदूर टाइप आदमी समझा। वे अपनी साइकिल बाहर खड़ी करके दुकान में घुस गये और बताया कि उन्हें एक फ्रिज खरीदना है। एक कर्मचारी ने हिकारत से कहा, "सस्ती फ्रिज उधर रखी हैं, जाओ देख लो।"

मायापति दुकान में टहल-टहल कर वह फ्रिज खोजने लगे जो निशाकर ने खरीदी थी। उन्हें एक जगह वह फ्रिज दिख गयी। उन्होंने सहमते हुए कर्मचारी से पूछा, ''यह फ्रिज कितने की है?'' कर्मचारी ने उन्हें घृणा से ऊपर से नीचे तक घूरा, ''वह फ्रिज तुम्हारी औकात से बाहर है। कोई सस्ती फ्रिज देखो।'' ''लेकिन दाम बताने में आपका क्या जा रहा है?'' मायापति ने वैसे ही सहमते हुए पूछा। कर्मचारी ने हँसते हुए दुकान के मालिक को बुलाया, ''साहब जरा इधर आइए! देखिए ये कौन सा फ्रिज पसंद कर रहे हैं?'' दुकान का मालिक भी आ गया। मायापति का प्रश्न सुनकर उसने उन्हें डाँट दिया, ''खरीदना है कुछ तो खरीदो, नहीं तो भागो यहाँ से। यह महँगी फ्रिज है।'' ''लेकिन साहब दाम तो बता दीजिए।'' मायापति ने कातर होकर कहा। मालिक ने फिर डाँटा, ''साठ हजार की है। खरीदोगे?'' मायापति धीरे से कहा, ''पचपन हजार में देंगे?'' दुकान मालिक ने उन्हें घूरा। वह सौ प्रतिशत निश्चिन्त था कि इस आदमी के पास पचपन हजार रुपये किसी हालत में नहीं हो सकते। पचपन हजार में फ्रिज को देने पर उसे घाटा हो रहा था फिर भी उसने चिढ़ते हुए कहा, ''ठीक है! तुम पचपन हजार ही लाओ। मैं तुम्हें फ्रिज दे दूँगा।'' ''चलिए काउन्टर पर। मैं आपको पैसा देता हूँ।'' मायापति बोले। दुकान में उस समय कोई ग्राहक नहीं था। सारे कर्मचारी तमाशा देखने लगे।

दुकान का मालिक काउन्टर पर बैठ गया। मायापति ने जेब से पैसे निकले और उनमें से पचपन हजार गिनकर उसे दे दिया। मालिक सहित सभी कर्मचारी आश्चर्य में पड़ गये। मायापति के पास पचपन हजार से भी ज्यादा रुपये थे। दुकानदार को घाटा लग गया, लेकिन जबान दे चुका था, अतः मजबूर था। ट्राली पर फ्रिज लदवाकर मायापति घर चल दिये।

बड़े घर की बहू

अमल शहर के बहुत बड़े उद्योगपति थे। घर में लक्ष्मी छप्पर फाड़कर बरसती थीं। घर में दर्जनों नौकर-चाकर थे। पत्नी का नाम था, जयंती।

अमल के एक बेटा था, कुलदीपक। कुलदीपक ने पढ़-लिख लिया और पिता के काम में हाथ बँटाने लगा। अमल और जंयती को कुलदीपक की शादी की चिन्ता सताने लगी। एक से एक धनाढ्य परिवारों से कुलदीपक की शादी के प्रस्ताव आ रहे थे।

अमल और जंयती ने तय किया कि कुलदीपक की शादी बहुत ही साधारण परिवार में तय की जाय। साधारण परिवार की लड़की रहेगी तो नियंत्रण में रहेगी और घर को ठीक से सम्हालेगी। इतने सम्पन्न परिवार में आकर वह अपने को सौभाग्यशाली समझेगी और पूरे मनोयोग से सास-ससुर की सेवा में लगी रहेगी। किसी बहुत अमीर परिवार की लड़की आयेगी तो उसके मिजाज ही नहीं मिलेंगे और वह हमेशा नखरा ही दिखाती रहेगी।

अपने शहर में ही एक निहायत ही साधारण परिवार में पति-पत्नी ने एक सुन्दर सी लड़की देखी और उससे कुलदीपक की शादी तय कर दी। लड़की का नाम था, दमयन्ती। लड़की का परिवार भरा-पूरा था और परिवार में कुल दस सदस्य थे। खूब धूमधाम से शादी हुई। आमल ने कन्या पक्ष और वर पक्ष दोनों तरफ का खर्च खुद उठाया।

बहू के रूप में घर में दमयन्ती आ गयी, घर की रौनक बढ़ गयी। दमयन्ती—कुलदीपक, अमल और जयंती सबका खूब ध्यान रखती। सब उससे बहुत प्रसन्न थे। अमल और जयंती, दोनों अपनी-अपनी पीठ ठोंकते कि कुलदीपक की शादी हमने कितनी बुद्धिमानी से की।

दो-तीन महीने बीत गये तो दमयन्ती रंग बदलने लगी। घर में खाना वगैरह बनाने का काम नौकर करते थे। दमयन्ती दोपहर में लगभग नौ लोगों का खाना नौकरों से और बनवाने लगी। खाना बन जाता तो वह नौकरों से दस लोगों का

खाना एक कार में लदवाती और ड्राइवर के साथ लेकर अपने मायके चली जाती। उसके मायके में सब लोग खूब छककर दमयंती की ससुराल का खाना खाते। दमयन्ती शाम तक मायके में रहती। शाम को कार से फिर ससुराल लौट आती।

जब यह रोज का धन्धा हो गया तो जयंती को गुस्सा आने लगा। उसने अमल से बहू की सारी करतूत बतायी। अमल भौंचक्के रह गये। उन्होंने जयंती का सलाह दी कि अभी कुछ दिनों तक चुप रहो।

दमयन्ती धीरे-धीरे और मनबढ़ हो गयी। वह अपने को घर की मालकिन समझने लगी। अब उसने रात का खाना भी अपने मायके पहुँचाना शुरू कर दिया। कृपा उसने इतनी ही की कि रात का खाना मायके पहुँचाकर वह तुरन्त लौट आती थी। रात में घर के बाकी सदस्यों के साथ वह ससुराल में ही खाना खाती थी। धीरे-धीरे जयंती के सब्र का बाँध टूट गया। एक दिन रात में पूरा परिवार साथ में बैठकर खाना खा रहा था। जयन्ती ने दमयन्ती से कहा, ''बहू तुम रोज दानों वक्त यहाँ से खाना लेकर अपने मायके जाती हो। देखने में अच्छा नहीं लगता। तुम ऐसा किया करो कि महीने भर का राशन-पानी इकट्ठे अपने मायके भिजवा दिया करो।'' दमयन्ती ने पूरी ढिठाई से जवाब दिया, ''मम्मी जी मेरे मायके में नौकर-चाकर तो हैं नहीं! राशन भिजवाने पर रोज-रोज खाना बनाने के लिए मेरी बहनों को परेशान होना पड़ेगा। यहाँ से बना-बनाया खाना चला जाता है तो सुविधा रहती है। राशन भिजवा देने पर भी तो रोज-रोज हरी-ताजी सब्जियाँ भेजने का झंझट रहेगा ही।''

हुर्र है

गाँव के इंटर कॉलेज के ग्यारहवीं कक्षा के छात्रों ने शहर के ग्यारहवीं कक्षा के छात्रों से क्रिकेट का एक मैच लिया। मैच बीस-बीस ओवर का था और शहर के छात्र क्रिकेट मैच खेलने के लिए गाँव आने वाले थे। रविवार को था मैच।

रविवार के दिन गाँव के लड़के अपने कॉलेज के मैदान में शहरी लड़कों के स्वागत में खड़े थे। शहर के लड़के दो जीप में बैठकर गाँव आये। गाँव के लड़कों ने अपनी औकत भर उनकी आवभगत की। उन्हें पानी इत्यादि पिलाया।

मैच शुरू हुआ। गाँव के लड़के शहर के लड़कों के सामने थोड़ा सहमे-सहमे से थे। उन्हें लग रहा था कि शहरी लड़के बड़े घरों के बच्चे हैं। शहरी लड़कों ने जोरदार खेल दिखाया और उन्होंने मैच जीत लिया। वे एक जगह इकट्ठे होकर जीत का जश्न मनाने लगे और जोर-जोर से चिल्लाने लगे—हिप हिप-हुर्रे, हिप हिप हुर्रे।

गाँव के लड़के ध्यान से कान लगाकर सुनने की कोशिश करने लगे कि शहरी लड़के क्या कह रहे हैं? उन्हें हुर्रे और पुर्रे के अलावा कुछ नहीं समझ में आ रहा था। गाँव की टीम का कप्तान बोला, "यार, ये लोग तो हम लोगों को हुर्रिया रहे हैं।"

हुर्रियाना गाँव में बहुत ही अपमानजनक माना जाता था। कुछ ताकतवार लड़के कमजोर लड़कों को घेर कर 'हुर्र...हुर्र...हुर्र...हुर्र...' कहते थे। इसी को हुर्रियाना कहा जाता था। गाँव के लड़के समझ गये-बस! ये शहरी लड़के हम लोगों को अंग्रेजी में हुर्रिया रहे हैं।

गाँव की टीम का कप्तान शहरी टीम के कप्तान के पास जाकर बोला, "हम लोग एक मैच और खेलना चाहते हैं। आप लोग खेलना पसंद करेंगे?" शहरी टीम का कप्तान सहर्ष तैयार हो गया। उसे लग रहा था कि गाँव वाले जितनी बार खेलेंगे उतनी बार हारेंगे। दुबारा एक और मैच शुरू हुआ। अबकी बार गाँव के लड़के अपमान से तिलमिलाये हुए, घायल शेर की भाँति खेल रहे थे। उन्होंने शहरी लड़कों को रौंदकर रख दिया। जीत जाने के बाद गाँव के लड़कों ने बल्ला

और स्टंप लेकर शहरी लड़कों को घेर लिया और चिल्लाने लगे। कुछ चिल्ला रहे थे—"हिप्पी पुर्र है, हिप्पी पुर्र है" और कुल चिल्ला रहे थे—हुर्र...हुर्र...हुर्र।" वे इतने आक्रमक थे कि शहरी लड़के डर गये और अपनी जीपों में बैठकर शहर की ओर भाग खड़े हुए।

सयाना

महाविद्यालय में छात्रसंघ चुनाव का कार्यक्रम घोषित हो गया। महाविद्यालय के सारे छात्रनेता अपने-अपने धनुष-बाण सम्हालने लगे। कुछ को चुनाव लड़ना था तो कुछ को चुनाव लड़वाना था।

एक छात्रनेता था, रामबरन। रामबरन महाविद्यालय में हमेशा सफेद कुर्ता और पायजामा पहन कर आता था और छात्रहित के हर मामले में कूद-कूदकर आगे रहता था। चुनाव लड़ने में उसके सामने एक ही समस्या थी। टेंट में पैसे नहीं थे। उसने सोचा कि मेरे पास चुनाव में बर्बाद करने के लिए पैसे नहीं हैं, क्यों न कुछ कमाई ही कर लूँ? चुनाव में खड़ा हो जाता हूँ और जब चुनाव जोर पकड़ेगा तो किसी उम्मीदवार से पैसा लेकर बैठ जाऊँगा और उसके पक्ष में प्रचार करने लगूँगा।

रामबरन ने सीधे अध्यक्ष पद के लिए ताल ठोंक दी। उसे लगा कि अध्यक्ष पद में ही सबसे ज्यादा कमाई हो सकती है। अध्यक्ष पद के लिए दमदार लोग खड़े होंगे और अपने पक्ष में बैठने के लिए वे ही ज्यादा पैसे देंगे।

हर पद के लिए प्रत्याशियों ने नामांकन कर दिये। चुनाव प्रचार भी शुरू हो गया। रामबरन भी चार-छः लोगों को जुटाकर अपना प्रचार करने लगा। धीरे-धीरे प्रचार जोर पकड़ने लगा।

एक दिन रामबरन ने अध्यक्ष पद के एक ठीक-ठाक प्रत्याशी को पकड़ा, ''बधाई हो भाई! तुम्हारी तो बड़ी अच्छी हवा है। लग रहा है अध्यक्ष पद का चुनाव तुम्हीं जीतोगे। मैं सोच रहा हूँ कि मैं भी तुम्हारा प्रचार करूँ। तुम मुझे दस हजार दे दो तो मैं तुम्हारे पक्ष में बैठ जाऊँगा और तुम्हारे साथ तुम्हारा जमकर प्रचार भी करूँगा।'' उसने जवाब दिया, ''दस हजार की छोड़ो। तुम मुझे पाँच हजार ही दे दो तो मैं तुम्हारे पक्ष में बैठ जाऊँगा और तुम्हारा प्रचार करूँगा। मुझे चूतिया बनाने की कोशिश कर रहे हो? मैं सारे प्रत्याशियों से बात कर चुका। कोई साला एक पैसा देने को तैयार नहीं है। चुनाव में खड़ा होकर मैं तो फँस गया।''

एहसान फ़रामोशी

रिया महाविद्यालय में बी.एस.सी. तृतीय वर्ष की छात्रा थी। पढ़ने में बहुत तेज थी। बात-व्यवहार में भी कुशल। बस एक ही समस्या थी। वह एक गरीब परिवार से थी, अतः पढ़ाई-लिखाई बहुत मुश्किल से हो पा रही थी। महाविद्यालय के प्राध्यापक उसकी पढ़ाई और व्यवहार से बहुत प्रभावित रहते थे, अतः वे प्रयास करते थे कि रिया की पढ़ाई की गाड़ी रुकने न पाये। उसकी फीस माफ थी। छात्रवृत्ति भी मिलती थी।

एक बार रिया को पच्चीस हजार रुपये की सख्त आवश्यकता पड़ गयी। उसकी माँ बीमार हो गयी थी। वह परेशान हो गयी। उसकी समझ में नहीं आ रहा था कि वह किससे पैसे माँगे। चूँकि वह अपने माँ-बाप की सबसे बड़ी सन्तान थी, अतः पैसे की व्यवस्था करना वह अपनी जिम्मेदारी समझ रही थी।

रिया की कक्षा में कुलिश नाम का एक लड़का पढ़ता था। कुलिश अमीर बाप का बेटा था और थोड़ा सा बिगड़ैल भी। वह रिया के पीछे कई बार पड़ा, लेकिन रिया ने उसको कोई भाव नहीं दिया। रिया को लगा कि कुलिश से मदद माँगने के अलावा और कोई चारा नहीं है। वह कुलिश से मिली, ''कुलिश मुझे पच्चीस हजार रुपयों की सख्त जरूरत है। अगर तुम मेरी मदद कर देते तो मैं तुम्हारा बहुत एहसान मानती। तुम तो जानते ही हो कि मैं एक गरीब परिवार से हूँ। तुम्हारे पैसे नहीं लौटा पाऊँगी। हाँ, पूरी ज़िन्दगी मैं तुम्हारी एहसानमंद रहूँगी।'' ''क्या एहसान-एहसान की रट लगा रखी हो?'' कुलिश बोला, ''मुसीबत में ही तो पता चलता है कि कौन दोस्त है और कौन नहीं। एक दोस्त ही दूसरे दोस्त के काम आता है। मैं कल ही तुम्हें पच्चीस हजार रुपये दे दूँगा।'' रिया की आँखों में आँसू आ गये, ''धन्यवाद कुलिश!''

कुलिश मुस्कराया, ''इसमें धन्यवाद की क्या बात है? मैं तुम्हें पैसे दे रहा हूँ, बदले में तुम भी मेरा एक छोटा सा काम कर दो। हिसाब बराबर हो जाएगा।''

"क्या काम है?" रिया ने संकोचपूर्वक पूछा।

"मैं तुम्हें पच्चीस हजार रुपये दूँगा। बदले में तुम्हें मेरे साथ तीन बार शारीरिक सम्बन्ध बनाना पड़ेगा। इसी शर्त पर मैं पैसे दूँगा।"

रिया सोच में पड़ गयी। उसे पैसों की सख्त आवश्यकता थी। उसने कहा, "ठीक है! मैं तैयार हूँ परन्तु मेरी भी एक शर्त है। मैं एक महीने बाद तुम्हारे साथ शारीरिक सम्बन्ध बनाऊँगी।"

कुलिश खुशी से उछल पड़ा, "मुझे मंजूर है।"

उसने रिया को अगले दिन पच्चीस हजार रुपये दे दिये।

जैसे ही एक महीने बीते, कुलिश ने रिया को घेर लिया, "आज चलो मेरे साथ।"

"कहाँ चलना है?" रिया ने अनजान बनते हुए पूछा। "अरे?" कुलिश को गुस्सा आ गया, "जब मैंने तुम्हें पैसे दिये थे तो तुमने मुझसे कहा था कि एक महीने बाद तुम मेरे साथ हमबिस्तर होगी। ऐसा नाटक कर रही हो, जैसे तुम्हें कुछ याद ही नहीं है।" "मैंने तुमसे कब पैसे लिये थे?" रिया ने पूछा। कुलिश बौखला गया, "एहसान फ़रामोशी की हद होती है। तुम्हारे बुरे वक्त में मैंने तुम्हारी मदद की थी। अब तुम ऐसा नाटक कर रही हो, जैसे कुछ हुआ ही नहीं था।" रिया बोली, "कोई किसी की मदद करता है या कोई किसी पर एहसान करता है तो वह दस लोगों के बीच में गर्व से छाती ठोंककर कह सकता है कि मैंने अमुक व्यक्ति पर यह एहसान किया है। तुम दस लोगों के बीच में यह कह सकते हो कि तुमने मेरी क्या मदद की है और क्यों मदद की है?" कुलिश तैश में बोला, "ठीक है, मैं तुम्हें देख लूँगा।" रिया मुस्करायी, "शौक से!"

खामोश जवाब

अमितेन्द्र महाविद्यालय में वनस्पति विज्ञान विभाग में क्लर्क था। क्लर्क होने के साथ-साथ वह ठेकेदारी का काम भी करता था। ठेकेदारी से वह पर्याप्त कमाई कर लेता था। महाविद्यालय के अधिकांश प्राध्यापक भले डेढ़ लाख से अधिक वेतन पाते थे, लेकिन अमितेन्द्र के पास कई प्राध्यापकों से अधिक पैसा था। यह कहने में अतिशयोक्ति नहीं थी कि वह महाविद्यालय का काफी अमीर आदमी था।

अमितेन्द्र भले काफी अमीर व्यक्ति था, लेकिन मन ही मन उसे एक हीनता-बोध अक्सर कचोटता था। कुछ भी हो, था तो महाविद्यालय में क्लर्क ही। अपने इस हीनता-बोध को दूर करने के लिए वह प्रायः महाविद्यालय के प्राध्यापकों की सार्वजनिक रूप से बहुत खिंचाई करता और उन्हें अपमानित करता रहता। विशेषकर अपने विभाग-वनस्पति विज्ञान के विभागाध्यक्ष, राय साहब को। ठेकेदार होने के कारण अमितेन्द्र के कुछ असामाजिक और अराजक किस्म के लोग भी मित्र थे। उन मित्रों के भय से अमितेन्द्र से कोई भी प्राध्यापक उलझता नहीं था।

इधर अमितेन्द्र राय साहब को कुछ ज्यादा ही अपमानित कर रहा था। राय साहब ने सोचा कि अब जवाब देना पड़ेगा, अन्यथा पानी सिर के ऊपर गुजर जाएगा। इत्तफाक! राय साहब के बेटे की शादी पड़ गयी। राय साहब ने मौका ताड़ा। उन्हें लगा कि अमितेन्द्र को जवाब देने का यह सही समय है।

उन्होंने दो तरह के कार्ड अपने बेटे की शादी के निमंत्रण के लिए छपवाये। एक कार्ड तो निहायत ही खूबसूरत और महँगा। दूसरे तरह का कार्ड निहायत ही साधारण और सस्ता। महँगे कार्डों पर उन्होंने बाहर के लोगों के साथ-साथ महाविद्यालय के प्राध्यापकों के नाम लिखावाये। साधारण कार्डों पर उन्होंने अमितेन्द्र सहित अपने महाविद्यालय के सार क्लर्कों और चपरासियों के नाम लिखवाये।

महाविद्यालय में कार्ड बँटने लगे। सारे प्राध्यापकों को यह बात पता चल गयी। सब राय साहब की चाल पर मन ही मन मुस्करा उठे। अमितेन्द्र की भी यह बात पता चल गयी। उसे काटो तो खून नहीं। वह एक सप्ताह की छुट्टी लेकर घर बैठ गया, जिससे उसे कार्ड ही न मिले। राय साहब भी कहाँ मानने वाले थे। उन्होंने विभाग के चपरासी से अमितेन्द्र का कार्ड उसके घर भिजवा दिया।

नहले पे दहला

मिश्र जी ऑफिस के बॉस थे और तिवारी जी उनके चाणक्य। रतन जी, मिश्र जी और तिवारी जी के सबसे वफादार सिपहसालार थे ऑफिस में। ऑफिस में कौन कहाँ क्या कर रहा है, ऑफिस में कौन बॉस के खिलाफ अफवाह उड़ा रहा है, कौन जहर उगल रहा है, सारी की सारी गतिविधियों की जानकारी बॉस तक फौरन पहुँचती थी और उन तक ये सारी जानकारियाँ पहुँचाने का काम करते थे रतन जी। रतन जी एक ढंग से बॉस के खुफिया विभाग के निदेशक थे।

ऑफिस में एक बड़ा विचित्र आदमी था, नाम था—त्रिपुर। बॉस त्रिपुर से बहुत चिढ़ते थे और उन्हें उठाकर पटकना चाहते थे परन्तु त्रिपुर भी छँटे हुए खिलाड़ी थे और बॉस को कोई मौका नहीं देते थे। त्रिपुर निहायत ही ईमानदार, मेहनती और कर्त्तव्यनिष्ठ आदमी थे। ज़िन्दादिल और सबकी मदद करने वाले। यही कारण था कि वे ऑफिस के सभी कर्मचारियों में बहुत ही लोकप्रिय थे। उनकी लोकप्रियता ही बॉस की चिढ़ का कारण थी। बॉस को हमेशा अपने विरुद्ध देख-देखकर त्रिपुर भी बॉस से खुंदक रखने लगे थे और ऑफिस के सारे कर्मचारियों के बीच बॉस का खूब मजाक उड़ाने लगे थे।

तिवारी जी ने बॉस को सलाह दी कि त्रिपुर ऐसे नहीं मानेगा। इसकी कमजोरियाँ हमें पता करनी पड़ेंगी। ऐसा किया जाय कि रतन को उसका विश्वासपात्र बनाकर उन सबों के बीच घुसा दिया जाय। रतन ऐसा प्रदर्शित करे कि वह हम लोगों का शत्रु हो गया है फिर वह त्रिपुर से एक-एक राज उगलवाये और हम लोगों को बताये। बॉस को सलाह पसन्द आ गयी।

एक दिन त्रिपुर अपनी सीट पर बैठे काम कर रहे थे। अचानक रतन जी उनके पास आकर बैठ गये और लगे बॉस को गालियाँ देने। त्रिपुर ने मजाक किया, "अरे रतन जी, आप तो बॉस के बहुत खास हैं। क्यों उनकी माँ-बहन से वाचिक दुराचार कर रहे हैं?" रतन बताने लगे, "यार मैं एक नौकर की तरह घर से लेकर ऑफिस

तक साले का सारा काम करता हूँ। मेरी बहन के लड़के की शादी पड़ गयी है। मैंने इसके लिए पन्द्रह दिन की छुट्टी माँगी तो साले के मना कर दिया। अब मैं कोई काम नहीं करूँगा इसका।'' त्रिपुर हँसे, ''दुनिया जानती है कि साहब के अगाड़ी और घोड़े के पिछाड़ी कभी नहीं चलना चाहिए। अब भुगतिए! अब भी समय है। उसकी गोल छोड़कर मेरी गोल में भर्ती हो जाइए।'' ''इसीलिए तो मैं आपके पास आया हूँ। उसके साथ रहने पर खटने के सिवा और कुछ नहीं मिलने वाला।'' त्रिपुर बहुत प्रसन्न हुए कि रतन जी भी बॉस का साथ छोड़कर मेरे साथ आ गये।

रतन त्रिपुर के लँगोटियायार हो गये। दोनों खूब एक दूसरे के साथ घूमने लगे और एक दूसरे के घर आने-जाने लगे।

ऑफिस चार बजे बन्द हो जाता था। एक दिन त्रिपुर घर पहुँचे तो उन्हें याद आया कि वे अपना मोबाइल फोन तो ऑफिस में ही भूल गये। वे तुरंत घर से ऑफिस भागे। ऑफिस पहुँचे तो पाँच बज गये। ऑफिस में एक चपरासी था। ऑफिस अभी खुला हुआ था। बॉस के कमरे में प्रकाश था। त्रिपुर अपनी सीट पर गये। मोबाइल फोन वहीं पड़ा हुआ था। अपना मोबाइल फोन लेकर औपचारिकतावश वे बॉस के कमरे में चले गये। वहाँ बॉस तिवारी जी और रतन जी बैठे गुफ्तगू कर रहे थे। बॉस ने पूछा, ''क्यों त्रिपुर? इस समय यहाँ क्या कर रहे हो?'' त्रिपुर ने सारी बात बता दी।

रतन जी को बॉस के साथ देखकर त्रिपुर का माथा ठनका। तिवारी जी की पूरी रणनीति एक मिनट में उनके दिमाग में नाच गयी। वे सतर्क हो गये।

त्रिपुर जी जान गये कि रतन जी बॉस के जासूस हैं। अब वे इस प्रयास में लग गये कि रतन जी बॉस की ही निगाह में संदिग्ध हो जाएँ।

अब त्रिपुर जी बॉस और तिवारी जी को दिखा-दिखाकर रतन जी की पीठ पर धप्पा जमाकर खूब हँसी-मजाक करते, उनके कान में फुसफुसाते, उन्हें खाने के लिए कुछ विशेष चीज देते। मज़बूरन दोनों के सामने रतन जी को भी नजदीकी दिखानी पड़ती थी।

एक दिन तिवारी जी ने बॉस से कहा, ''बॉस, मुझे लगता है अब रतन बहुत विश्वास करने लायक नहीं रहा। त्रिपुर की संगति में रहते-रहते वह काफी बदल गया है।'' बॉस ने चिन्तित होकर कहा, ''हाँ तिवारी जी! ठीक यही बात मैं आप से कहने वाला था।''

किसका काम

विश्वविद्यालय ने तय किया कि अब विश्वविद्यालय में पत्राचार पाठ्यक्रम की एक शाखा खोली जाएगी। बहुत से ऐसे नौकरपेशा लोग हैं जो अपनी आगे की पढ़ाई करना चाहते हैं, परन्तु नौकरीपेशा होने के कारण वे किसी नियमित पाठ्यक्रम में प्रवेश नहीं ले पाते। वे विश्वविद्यालय के पत्राचार संस्थान से पढ़ाई करें। जिन छात्रों का विश्वविद्यालय में प्रवेश नहीं हो पाता, वे भी चाहें तो आगे की पढ़ाई पत्राचार संस्थान से करें।

विश्वविद्यालय ने पत्राचार पाठ्यक्रम संस्थान खोल दिया। उसे स्व वित्तपोषित संस्थान का दर्जा दिया गया। अर्थात् संस्थान को अपने ऊपर होने वाले सारे खर्च की व्यवस्था स्वयं करनी थी। हिन्दी विभाग के अध्यक्ष योगेश्वर जी को संस्थान का निदेशक बना दिया गया। योगेश्वर जी ने बहुत मेहनत की। पत्राचार संस्थान में विश्वविद्यालय से ज्यादा छात्र हो गये। पत्राचार पाठ्यक्रम के छात्रों की फीस ज्यादा थी। संस्थान में खूब पैसे हो गये। जरूरत पड़ने पर विश्वविद्यालय पत्राचार संस्थान से उधार भी लेने लगा।

योगेश्वर जी का गाँव शहर से बहुत नज़दीक था। वे सप्ताह में एक दिन जरूर अपने गाँव जाते। उनके घर के बगल दो भाई रहते थे, नाम था—भल्लू और टिल्लू। दोनों एम.ए. पास करके घर पर बेरोजगार बैठे थे। योगेश्वर जी जब भी गाँव जाते, दोनों भाई फौरन उनके दरवाजे पर पहुँच जाते। उनके पैर छूकर दोनों भाई उनके आगे-पीछे टहलते रहते। भल्लू बड़ा था और टिल्लू छोटा। दोनों के परिवार की आर्थिक स्थिति बहुत दयनीय थी।

योगेश्वर जी को दोनों भाइयों पर दया आ गयी। उन्होंने दोनों भाइयों को पत्राचार संस्थान में क्लर्क बना दिया। पत्राचार पाठ्यक्रम संस्थान के कर्मचारियों के वेतन और अन्य सुविधाएँ विश्वविद्यालय के कर्मचारियों के ही समान थे। बस एक ही अन्तर था कि पत्राचार संस्थान के कर्मचारियों को सेवानिवृत्ति के बाद पेंशन नहीं मिलती थी।

भल्लू और टिल्लू रोज साइकिल से शहर नौकरी करने जाने लगे। धीरे-धीरे दोनों ने एक मोटरसाइकिल खरीद ली और साथ-साथ उससे जाने लगे। शहर नौकरी के लिए जाते-जाते दोनों ने पंख झाड़ दिये। अब वे पहचान में ही नहीं आते थे कि वे वही भल्लू और टिल्लू हैं। उनकी बोली-भाषा सब बदल गयी। उन्होंने योगेश्वर जी के गाँव आने पर उनके घर की तरफ झाँकना भी छोड़ दिया।

उस दिन रविवार की छुट्टी थी। भल्लू और टिल्लू के घर पर गाँव के एक बुजुर्ग सरगा जी बैठे हुए थे। उन्होंने भल्लू से कहा, ''योगेश्वर जी ने तुम दोनों भाइयों की नौकरी लगवाकर बहुत अच्छा काम किया। परिवार की स्थिति सुधर गयी।'' भल्लू भड़क गया, ''हम लोगों की नौकरी योगेश्वर ने लगवाई है या भगवान ने? भगवान जी की कृपा हुई तब हम लोगों की नौकरी लगी। योगेश्वर ससुर क्या नौकरी लगवा देंगे!'' सरगा जी बोले, ''संसार में सारा काम भगवान ही करते हैं, परन्तु वे किसी न किसी माध्यम से काम करते है। हमें माध्यम की भी इज़्ज़त करनी चाहिए।'' टिल्लू ने हाथ नचाया, ''जाइए, अपने घर अपना काम कीजिए। हमें नौकरी भगवान ने दी है, योगेश्वर ने नहीं।''

कुछ दिनों बाद योगेश्वर जी ने पत्राचार संस्थान के निदेशक का पद छोड़ दिया। योगेश्वर जी बहुत ईमानदार, मेहनती और सख्त व्यक्ति थे। उनके निदेशक पद से हटने के बाद पत्राचार पाठ्यक्रम संस्थान सरकारी ऑफिस की तरह चलने लगा। दिनों-दिन उसकी दुर्गति होती गयी और दस साल में वह बन्द हो गया। उसके सारे कर्मचारी बेरोज़गार होकर अपने घर बैठ गये।

एक दिन सरगा जी फिर भल्लू और टिल्लू के घर बैठे थे। उन्होंने भल्लू से कहा, ''मुझे दुःख है कि तुम दोनों की नौकरी भगवान ने छीन ली।'' भल्लू बोला, ''भगवान ने छीन ली कि योगेश्वर ने छीन ली? उसने कभी संस्थान को विश्वविद्यालय का अभिन्न अंग बनवाने के लिए प्रयास ही नहीं किया। संस्थान स्व-वित्तपोषित बना रहा। उसके हटते ही संस्थान टूट गया। साला हम लोगों की नौकरी खा गया।''

प्यार-व्यार, दिल-विल

रवीश एक बड़े उद्योगपति का लड़का था। वह विश्वविद्यालय में एम.काम. कर रहा था। आगे चलकर उसे अपने पिताजी के व्यवसाय को सम्हालना था, इसीलिए वह कामर्स की पढ़ाई कर रहा था।

पैसेवाले बाप का बेटा होने के कारण उसके पीछे विश्वविद्यालय की बहुत सारी लड़कियाँ पड़ी रहती थीं। रवीश इस मामले में बड़ा सतर्क था। वह लड़कियों से एक सम्मानजनक दूरी बनाये रहता। उसे पता था कि लड़कियाँ उससे नहीं, बल्कि उद्योगपति के बेटे से दोस्ती गाँठन चाहती और उसे फँसाना चाहती हैं।

रवीश की कक्षा में एक लड़की थी, मौसमी। मौसमी सुंदर भी थी और पढ़ने में तेज भी। वह भी रवीश से कभी-कभी बात कर लेती। उसकी विशेषता थी कि वह रवीश से केवल पढ़ाई के विषय में बात करती थी और कोई बात नहीं। धीरे-धीरे रवीश के मन में मौसमी के प्रति एक इज़्ज़त का भाव पैदा होने लगा। उसे लगा कि लड़की पढ़ने में अच्छी होने के साथ-साथ शालीन भी है।

रवीश धीरे-धीरे मौसमी की ओर आकर्षित होने लगा। दोनों में अच्छी दोस्ती हो गयी। रवीश मौसमी के घर भी आने-जाने लगा। रवीश के मन में मौसमी के प्रति एक अच्छी परिचित के अलावा और कोई भाव नहीं था।

एक दिन मौसमी ने रवीश को अपने घर के नाश्ते पर आमंत्रित किया। रवीश मौसमी के घर पहुँच गया। घर में मौसमी के अलावा और कोई नहीं था। मौसमी ने रवीश के सामने खाने की चीजों के ढेर लगा दिया। रवीश हँसा, ''इतना नाश्ता करके तो मैं रात में खाना भी नहीं खा पाऊँगा।'' मौसी आग्रह कर-कर के एक-एक चीज खिलाने लगी।

रवीश ने नाश्ता कर लिया तो मौसमी एक कप चाय बनाकर लायी। चाय में कामोत्तेजक दवा मिली हुई थी। रवीश ने चाय पी ली तो मौसमी बोली, ''रवीश हम दोनों एक दूसरे के बहुत अच्छे दोस्त हैं। हम अब काफी बड़े भी हो चुके हैं।

मुझे आज तक भी सेक्स का सुख नहीं मिला। मुझे लगता है, तुम्हें भी नहीं मिला होगा। तुम चाहो तो आज मेरे साथ सेक्स का सुख ले सकते हो।'' दवा असर कर चुकी थी। रवीश तैयार हो गया। उसने मौसमी को बिस्तर पर ले जाकर तीन बार सेक्स किया।

अब मौसमी अक्सर रवीश को उकसाकर उसके साथ सेक्स करने लगी। रवीश को भी चस्का लग गया था। कुछ दिनों में मौसमी गर्भवती हो गयी। उसे इसी का इंतज़ार था।

एक दिन मौसमी रोते हुए रवीश के पास पहुँची और बोली, ''रवीश मैं गर्भवती हो गयी हूँ। प्लीज मुझसे शादी कर लो नहीं तो मैं बदनाम हो जाऊँगी।'' रवीश बोला, ''इसमें इतना परेशान होने की क्या बात है? चलो मैं तुम्हारा गर्भपात करवा देता हूँ।'' मौसमी ने गर्भपात कराने से मना कर दिया और शादी के लिए दबाव डालने लगी। रवीश ने शादी करने से मना कर दिया। मौसमी ने धमकी दी, ''मैं थाने में जाकर तुम्हारे विरुद्ध शादी का झाँसा देकर लगातार बलात्कार करते रहने की रिपोर्ट लिखवाऊँगी। उसके बाद सारे अखबार के दफ्तरों में जाकर तुम्हारी करतूत बताऊँगी।'' रवीश लाचार हो गया। उसने शादी के लिए हाँ कर दी।

मौसमी ने अपनी एक अभिन्न सहेली को सारी बात बतायी। सहेली बोली, ''तूने यह अच्छा नहीं किया। तू ब्लैकमेल करके रवीश से शादी कर रही है। तू जानती है? तुझे कभी अपने पति का प्यार नहीं मिलेगा।'' मौसमी बोली, ''आज के जमाने में पति का प्यार न मिले तब भी जिन्दगी आराम से कट जाती है लेकिन अगर पास में पैसा न हो तो जिन्दगी नहीं कटती। मेरे पास भरपूर पैसा हो गया, जिसकी असली जरूरत थी।''

जियो शिवशंकर सिंह

उत्तर प्रदेश में उस समय राजकीय महाविद्यालयों में प्राध्यापकों के काफी पद खाली थे। पठन-पाठन के अतिरिक्त राजकीय महाविद्यालयों के प्रशासनिक कार्यों में भी काफी गतिरोध खड़ा हो रहा था। लोक सेवा आयोग अन्य भर्तियों में ही व्यस्त था। वह राजकीय महाविद्यालयों के प्राध्यापकों के चयन के लिए समय ही नहीं निकल पा रहा था।

प्रदेश के उच्च शिक्षा मंत्री ने इलाहाबाद में उच्च शिक्षा निदेशक को फोन करके उन्हें लखनऊ तलब किया। उस समय इलाहाबाद में उत्तर प्रदेश उच्च शिक्षा निदेशालय के निदेशक थे, शिवशंकर सिंह। शिवशंकर सिंह उच्च शिक्षा मंत्री के आदेश पर अगले दिन ही लखनऊ पहुँच गये। मंत्री महोदय ने उन्हें आदेश दिया, "राजकीय महाविद्यालयों में प्राध्यापकों के बहुत पद रिक्त हैं। बहुत समस्या खड़ी हो रही है। लोक सेवा आयोग से प्राध्यापकों का चयन होता रहेगा। आप ऐसा करिए कि तब तक आधे पदों पर तदर्थ नियुक्तियाँ कर लीजिए। उन प्राध्यापकों को हर महीने एक निश्चित धनराशि दी जाएगी। फिलहाल काम चलता रहे। बाद में देखा जाएगा कि इन तदर्थ प्राध्यापकों का क्या किया जाय!

इलाहाबाद पहुँचकर शिवशंकर सिंह ने तदर्थ नियुक्तियों की तैयारी शुरू कर दी। समाचार पत्रों में जल्दी ही विज्ञापन निकाल दिया गया। हर विषय का साक्षात्कार लेने के लिए विषय-विशेषज्ञों का बोर्ड बनाया जाने लगा। यह नियम निर्धारित कर दिया गया कि निदेशक अनिवार्य रूप से हर विषय के साक्षात्कार में उपस्थित रहेंगे। वे ही विषय-विशेषज्ञों की सहमति से योग्य अभ्यर्थियों का चयन करेंगे।

जल्दी ही विभिन्न विषयों के लिए साक्षात्कार शुरू हो गये। विभिन्न विषयों के अभ्यर्थियों का चयन करके उनका नाम लिफाफों में सीलबन्द करके रखा जाने लगा। दर्शनशास्त्र विभाग में भी पूरे प्रदेश में एक पद खाली था। दर्शनशास्त्र का जिस दिन साक्षात्कार होना था, उसके एक दिन पहले शाम को निदेशक के पास

प्रदेश के उच्च शिक्षा सचिव का फोन आ गया। उन्होंने निदेशक को आदेश दिया, "ऐसा है, दर्शनशास्त्र में मेरी बहन के लड़के ने भी आवेदन कर रखा है। उसका नाम है—सन्तोष कुमार। उसी का चयन होना चाहिए।" निदेशक ने उत्तर दिया, "आदेश का पालन होगा सर।"

अगले दिन दर्शनशास्त्र विषय का साक्षात्कार शुरू हुआ। सबसे ऊँची मेरिटवाले लड़के को सबसे पहले बुलाया गया। उसका सारा विवरण पढ़कर निदेशक शिवशंकर सिंह की खोपड़ी नाच गयी। अभ्यर्थी अपनी सभी परीक्षा प्रथम श्रेणी में उत्तीर्ण था। बी.ए. और एम.ए. में उसने इलाहाबाद विश्वविद्यालय में सर्वोच्च स्थान प्राप्त कर रखा था। उसने नेट और जे.आर.एफ. की परीक्षाएँ भी उत्तीर्ण कर रखी थीं। वह डी.फिल्. भी कर चुका था। उसकी दो पुस्तकें और एक दर्जन शोध पत्र प्रकाशित हो चुके थे। शिवशंकर सिंह ने उसकी ओर देखकर अविश्वास से पूछा, "आपको सचमुच अभी तक नौकरी नहीं मिली?" अभ्यर्थी ने उत्तर दिया, "नहीं सर! मैं आई.ए.एस. बनना चाहता था। दुर्भाग्यवश मैं इक्कीस वर्ष की उम्र में बीमार हो गया और अट्ठाइस वर्ष की उम्र तक बीमार रहा। मैंने अध्यापक बनने का निश्चय किया। अब तक मैं कई विश्वविद्यालयों में साक्षात्कार दे चुका हूँ। साक्षात्कार में मेरी सब खूब तारीफ़ करते हैं, लेकिन आज तक कहीं चयन नहीं हुआ।" शिवशंकर सिंह सन्न रह गये।

लगभग दो महीने के बाद सभी नियुक्तियों का परिणाम घोषित हुआ। उच्च शिक्षा सचिव ने निदेशक शिवशंकर सिंह को फोन किया और लगे दहाड़ने, "आपकी इतनी हिम्मत? मैंने आपसे कहा था कि दर्शनशास्त्र में मेरी बहन के लड़के का चयन होना है और आपने किसी और का चयन उस पद पर कर दिया?" शिवशंकर सिंह ने कहा, "सर, मैंने जिसका किया है, उसकी मेरिट के सामने मैं कहीं नहीं ठहरता था। मेरी अन्तरात्मा ने उसका चयन न करने से इनकार कर दिया। आपको मुझे जो सजा देनी हो, दे दीजिए। मैं खुशी से स्वीकार कर लूँगा सर!"

मीडिया मैनेजमेण्ट

प्रो. छबीलेलाल उस केन्द्रीय विश्वविद्यालय के कुलपति बनाये गये। वे हमेशा से 'लोभिहि प्रिय जिमि दाम' सम्प्रदाय के व्यक्ति थे। कुलपति बनते ही वे विश्वविद्यालय के बजट की जाँच-पड़ताल में लग गये। यह देखकर उनकी बाँछें खिल गयीं कि केन्द्र सरकार विश्वविद्यालय को अरबों का बजट देती है और विश्वविद्यालय उस बजट को खर्च नहीं कर पाता।

प्रो. छबीलेलाल विश्वविद्यालय के एक-एक चीज के पुनरुद्धार में लग गये और पुनरुद्धार बिना पैसे के संभव नहीं था। वे दोनों हाथ से लूट-खसोट करने में लग गये। फिर क्या था, विश्वविद्यालय में चारों तरफ असंतोष पैदा होने लगा। छात्र, प्राध्यापक, कर्मचारी सब उबलने लगे। रोज आन्दोलन और धरना-प्रदर्शन होने लगा। छात्र घपलेबाजी की जाँच कराने और कुलपति को हटाने के लिए आन्दोलित हो उठे।

कोढ़ में खाज मीडियावालों ने पैदा कर दिया। सारे अखबारों में कुलपति के विरुद्ध बड़े-बड़े समाचार छपने लगे। अखबार वाले कुलपति की एक-एक पोल खोलने लगे।

छबीलेलाल बहुत शातिर आदमी थे। बस वे मीडियावालों से बहुत डरते थे। उन्हें मीडियावालों को अपने पक्ष में करने का हुनर नहीं आता था। बाकी वे आश्वस्त थे कि सब उनके नियंत्रण में आ जाएँगे। पहले उन्होंने विश्वविद्यालय के प्रभावशाली प्राध्यापकों को अपने पक्ष में तोड़ना शुरू किया। सबको कोई न कोई प्रभावशाली और कमाऊ पद दे दिया गया। वे शान्त हो गये। वे शान्त हो गये तो छोटों के असन्तोष का कोई अर्थ ही नहीं रह गया। विश्वविद्यालय के हर नेता टाइप लड़के से कुलपति ने व्यक्तिगत सम्बन्ध बना लिया। उन सब को कुलपति की ओर से हर महीने जेब खर्च मिलने लगा। सारे नेता छाप छात्र कुलपति की तरफ हो गये। सामान्य छात्रों को कुलपति के लूट-खसोट से ज्यादा लेना-देना नहीं था।

कर्मचारियों के विश्वविद्यालय में दो गुट थे। पैसे के बल पर मजबूत गुट को अपनी तरफ करके उन्होंने दोनों गुटों को लड़ा दिया। कुलपति चैन की वंशी बजाने लगे।

एक समस्या उनका पिण्ड नहीं छोड़ रही थी। अखबार कुलपति के विरुद्ध आग उगल रहे थे। वे काबू में नहीं आ रहे थे। कुलपति को पता चला कि हिन्दी विभाग के डॉ. श्यामकान्त मीडिया को मैनेज करने में बहुत माहिर हैं। उन्होंने श्यामकान्त को बुलवाया और उनसे अखबार वालों को सम्हालने का निवेदन किया। श्यामकान्त भी विश्वविद्यालय में अपने बेटे की नियुक्ति चाहते थे। उन्होंने कुलपति के सामने अपनी समस्या रखी। कुलपति ने कहा, ''आप अखबारवालों को मैनेज करिए, आपका काम हो जाएगा।'' श्यामकान्त ने पलटकर जवाब दिया, ''आपकी समस्या का समाधान मैं कल ही कर दूँगा।''

अगले दिन श्यामकान्त छः लोगों को लेकर कुलपति के पास पहुँचे। कुलपति से बोले, ''ये छः लोग शहर के छः बड़े अखबारों के पत्रकार हैं और विश्वविद्यालय के समाचारों को कवर करना, इन्हीं लोगों के जिम्मे है।'' कुलपति ने खड़े होकर गर्मजोशी से सबसे हाथ मिलाया और तुरंत नाश्ता मँगाया। श्यामकान्त कुलपति से बोले, ''इन सब लोगों को आप हर महीने पच्चीस हजार रुपये देंगे, बदले में ये लोग अपने-अपने अखबारों में आपकी खूब तारीफ़ छापेंगे।'' कुलपति अचकचा गये। उन्हें लगा श्यामकान्त बकवास कर रहे हैं। ये सब धर्मध्वजी भला पैसा लेंगे? श्यामकान्त ने कहा, ''सोच क्या रहे हैं? इस महीने का सबका पच्चीस-पच्चीस हजार रुपये तुरन्त निकालिए!'' कुलपति ने हड़बड़ाकर अपना बैग खोला और सबको पच्चीस-पच्चीस हजार रुपये देने लगे। वे यह देखकर आश्चर्यचकित रह गये कि सारे पत्रकारों ने बड़े प्रेम से पैसा लिया और अपनी-अपनी जेब में रख लिया। कुलपति ने सबको सादर नाश्ता कराया। अन्ततः सारे पत्रकार चले गये।

कुलपति ने श्यामकान्त से कहा, ''मैं तो समझता था कि पत्रकार धर्मराज युधिष्ठिर के अंशावतार होते हैं, लेकिन आज तो तुमने मुझे कुछ और ही नज़ारा दिखा दिया।'' श्यामकान्त ने कहा, ''धर्मराज युधिष्ठिर के अंशावतार पत्रकार भी होते हैं, लेकिन अखबार के मालिक उन्हें पसन्द नहीं करते। धुन्धकारी के खानदान से सम्बन्ध रखने वाले पत्रकारों को अखबार के मालिक ज्यादा पसन्द करते हैं। ये मालिक को देखते ही षाष्टांग उनके चरणों में लोट जाते हैं और कम वेतन लेते हैं। अखबार के नाम पर इन्हें बाहर से कमाई करने की छूट होती है।''

खाता मुँह, लजाती आँख

सत्यप्रिय एक महाविद्यालय में प्राध्यापक थे। उनके महाविद्यालय की दो विशेषताएँ थीं। एक तो उस महाविद्यालय में पढ़ाई बहुत अच्छी होती थी और दूसरे महाविद्यालय में परीक्षाएँ बड़ी सख्ती से होती थीं। नकल करने पर पूर्ण प्रतिबन्ध।

इस वर्ष बी.ए. प्रथम वर्ष में एक लड़के के प्रवेश लिया, नाम था—कृष्णदत्त। पढ़ाई शुरू हो गयी। दो महीने बाद कृष्णदत्त अपने पिताजी के साथ सत्यप्रिय के घर आ धमका। पिताजी का नाम था, परमानन्द। परमानन्द सेवानिवृत्त हो चुके थे। सेवानिवृत्ति के पूर्व वे भी एक महाविद्यालय में प्राध्यापक थे। महाविद्यालय के प्राध्यापक जान सत्यप्रिय ने उन्हें सम्मानपूर्वक बैठाया। वैसे कृष्णदत्त एक शालीन छात्र था, अतःउसके अपने पिता के साथ घर आने पर सत्यप्रिय को अपत्ति नहीं हुई।

परमानन्द अक्सर सत्यप्रिय के घर आने लगे। स्वभाव के अच्छे थे, अतः सत्यप्रिय से उनकी पटने लगी। एक दिन परमानन्द ने सत्यप्रिय से आग्रह किया कि अमुक दिन रात में आप मेरे घर भोजन करने पधारें। सत्यप्रिय ने मना कर दिया। परमानन्द उनके पीछे पड़ गये। अन्ततः परमानन्द का सम्मान रखते हुए सत्यप्रिय राजी हो गये।

निर्धारित दिन परमानन्द सत्यप्रिय को लेने उनके घर आ गये। सत्यप्रिय ने परमानन्द का घर नहीं देखा था। वे तैयार होकर परमानन्द के साथ चल पड़े।

कृष्णदत्त ने लपककर सत्यप्रिय का पैर छुआ और उन्हें भोजन कराने की तैयारी में लग गया। वह सत्यप्रिय के खूब आगे-पीछे कर रहा था। सत्यप्रिय और परमानन्द साथ खाना खाने बैठे। खिलाने की जिम्मेदारी कृष्णदत्त के ऊपर थी। तरह-तरह के पकवान बने हुए थे। सत्यप्रिय संकोच में पड़ गये, ''मैं कोई वी.आई.पी. थोड़े न हूँ। इतनी तैयारी करने की क्या आवश्यकता थी?'' परमानन्द ने कहा, ''यह मेरा अहोभाग्य है कि मेरे बेटे के गुरु के चरण मेरे घर में पड़े। गुरु से बड़ा वी.आई. पी. कौन होता है? मैंने तो महाविद्यालय के एक अन्य प्राध्यापक वर्मा जी से भी

बहुत प्रार्थना की कि भोजन करने आप भी पधारें, लेकिन उन्होंने एकदम मना कर दिया। गुरुओं का सम्मान करना हमारे परिवार की परम्परा है।''

अगले दिन सत्यप्रिय को वर्मा जी महाविद्यालय में मिल गये। उन्होंने पूछ ही लिया, ''सर, आप कृष्णदत्त के घर कल खाना खाने क्यों नहीं गये?'' वर्मा जी ने पलटकर पूछ लिया, ''आप गये थे क्या?''

''हाँ, मैं तो गया था। तरह-तरह के पकवान बने थे। खाना खाकर मज़ा आ गया।''

''आपकी मर्जी! वैसे लगता है आपने कहावत नहीं सुनी है कि खाता मुँह लजाती आँख।''

''इसका मतलब क्या हुआ?''

''इसका मतलब यह हुआ कि खाना तो मुँह खाता है, लेकिन संकोच आँखों को करना पड़ता है।''

''मैं समझा नहीं!''

''समय आने पर सब समझ में आ जाएगा, अभी आप नहीं समझेंगे।''

बात आयी गयी हो गयी। सत्यप्रिय तीन-चार बार कृष्णदत्त के घर और दावत खा आये।

वार्षिक परीक्षाएँ शुरू हो गयीं। इत्तफाक से कृष्णदत्त के पहले ही प्रश्न पत्र के दिन सत्यप्रिय की ड्यूटी एक साथी प्राध्यापक के साथ उसके कमरे में लग गयी। कृष्णदत्त एक पर्ची छुपाकर उससे नकल कर रहा था। सत्यप्रिय की निगाह पड़ गयी। उन्हें देखकर अनदेखा करना पड़ा। उन्हें साथी प्राध्यापक से भी कहना पड़ा, ''यार, कृष्णदत्त मेरा बहुत खास है। उसे पकड़ना मत।'' साथी ने आश्वस्त किया, ''चिन्ता मत करिए। मैं कुछ नहीं बोलूँगा।''

सारे बच्चे साफ-सुथरे ढँग से परीक्षा दे रहे थे। सिर्फ कृष्णदत्त छुपाकर नकल कर रहा था और कक्ष के दोनों प्राध्यापक जानकर भी अनजान बने हुए थे। दावत खाने का संकोच सत्यप्रिय को आज निभाना पड़ा रहा था। आज उन्हें वर्मा जी की कहावत बार-बार याद आ रही थी—खाता मुँह, लजाती आँख।

खाओ आलू

कमलाकान्त जी महाविद्यालय में दर्शनशास्त्र के प्राध्यापक थे। निहायत ही विद्वान व्यक्ति लेकिन स्वभाव से मूडी। वे अपने विभाग के अध्यक्ष भी थे। उन्होंने समय-सारिणी ऐसी बनायी थी कि बी.ए. द्वितीय वर्ष की कक्षा उन्हें पूरे सप्ताह पढ़ानी थी।

कक्षाएँ चलने लगीं। कमलाकान्त जी बहुत ही शानदार पढ़ाते थे। बी.ए. द्वितीय वर्ष को भी वे पढ़ाने लगे। इतना अच्छा पढ़ाते कि छात्रों की समझ में सब कुछ आ जाता। छात्र प्रसन्न थे। अचानक उन्होंने एक पेंच फँसा दिया। उन्होंने शनिवार को पढ़ाना बन्द कर दिया। उनका स्थायी नियम बन गया कि वे बी.ए. द्वितीय वर्ष की कक्षा को सप्ताह में पाँच दिन ही पढ़ाते।

बी.ए. द्वितीय वर्ष में कई छात्रनेता थे। लगातार दो महीने तक ऐसा हो गया तो कक्षा के छात्रनेता उत्तेजित होने लगे। वे कक्षा के बाकी छात्र-छात्राओं को भी भड़काने लगे। कक्षा के अधिकांश लोग इस बात पर एकमत हो गये कि डॉ. कमलाकान्त को शनिवार को भी पढ़ाने के लिए मज़बूर किया जाय। उन्होंने जाकर प्राचार्य से डॉ. कमलाकान्त की शिकायत की। उन्होंने प्राचार्य से कहा कि कमलाकान्त जी से कहिए कि शनिवार को भी पढ़ायें, अन्यथा हम लोग महाविद्यालय में आन्दोलन करने के लिए मज़बूर हो जाएँगे।

प्राचार्य के समक्ष धर्मसंकट खड़ा हो गया। वे कमलाकान्त जी का स्वभाव जानते थे। उन्हें लगा कि अगर छात्रों की बात मैंने कमलाकान्त जी को बतायी तो वे कहीं बी.ए. द्वितीय वर्ष की कक्षा को पढ़ाना ही न छोड़ दें। उनसे कुछ न कहने पर छात्रों के आन्दोलन का खतरा था। प्राचार्य भी कमलाकान्त जी की विद्वत्ता का सम्मान करते थे।

एक दिन कमलाकान्त जी प्राचार्य के पास बैठे थे। प्राचार्य बहुत ही प्रेम से उनसे छात्रों की शिकायत के बारे में बात करने लगे। उन्होंने कमलाकान्त जी से कहा कि अगर आपको समय नहीं मिल पा रहा है तो विभाग के किसी अन्य अध्यापक को बी.ए. द्वितीय वर्ष की कक्षा पढ़ाने के लिए दे दीजिए। डॉ. कमलाकान्त राजी हो गये।

उन्होंने विभाग के एक अन्य अध्यापक को बी.ए. द्वितीय वर्ष की कक्षा पढ़ाने के लिए दे दी। छात्र-छात्राएँ बहुत प्रसन्न हुए। कुछ ही दिनों के बाद छात्र-छात्राएँ बौखला उठे। कमलाकान्त जी का पढ़ाने का तरीका बहुत ही उत्कृष्ट था। छात्र-छात्राओं को ऐसा लगा जैसे पहले रोज सूजी का हलवा खाते रहे हों और अब उन्हें आटा घोलकर पिला दिया जा रहा हो। सभी छात्र-छात्राएँ परेशान होकर विचार-विमर्श करने लगे कि कमलाकान्त जी का पाँच दिन पढ़ाना ठीक, किसी और छः दिन पढ़ाना नहीं ठीक। लेकिन अब वे प्राचार्य से किस मुँह से जाकर कहें। कमलाकान्त जी का एक बड़ा भक्त शिष्य था कक्षा में। उसने कहा, "चाहे तो पाँच दिन पनीर की सब्जी खा लो, चाहे छः दिन आलू खाओ। आलू खाने के लिए तुम्हीं लोग दौड़े गये थे। अब खाओ आलू। जी भर कर खाओ।"

दोस्ती में अरुचि

पीताम्बर एक बड़े साहित्यकार थे और इन्दौर में रहते थे। वे पहले एक महाविद्यालय में प्राध्यापक थे। अब सेवानिवृत्त हो चुके थे। उनके एक बड़े घनिष्ठ मित्र वरुण दिल्ली में रहते थे और वे भी साहित्यकार थे। वरुण तीन-चार बार इन्दौर घूमने के बहाने पीताम्बर के घर जा चुके थे परन्तु पीताम्बर एक बार भी दिल्ली नहीं गये थे। वरुण पीताम्बर को अक्सर दिल्ली घूमने के लिए बुलाते रहते परन्तु पीताम्बर अब आऊँगा, तब आऊँगा कहकर टरकाते रहते। यद्यपि पीताम्बर खुद भी घूमने के लिए दिल्ली जाना चाहते थे, लेकिन आलस्य के कारण वे नहीं जा पा रहे थे।

एक बार वरुण पीछे पड़ गये। धमकी भी दे दी कि अगले महीने नहीं आये तो बहुत बुरा होगा। पीताम्बर ने आलस्य त्यागकर अगले महीने दिल्ली के लिए प्रस्थान कर दिया।

पीताम्बर हफ्ते भर के लिए दिल्ली में रुकने का कार्यक्रम बनाकर आये। वरुण बहुत प्रसन्न हुए। वे रोज पीताम्बर को दिल्ली में कहीं न कहीं घुमाने ले जाते। वरुण का दिल्ली के साहित्यकारों से बहुत परिचय था। वे रोज पीताम्बर से कहते कि चलो तुम्हें दिल्ली के साहित्यकारों से मिलाऊँ। साहित्यकारों से मिलने के नाम पर पीताम्बर एकदम तैयार नहीं होते थे।

दिल्ली में पाँच दिन का प्रवास पूरा हो गया। एक दिन वरुण खीझ गये, ''यार, तुम भी साहित्यकार हो और मैं भी साहित्यकार हूँ। मैंने तो दिल्ली में ढेर सारे साहित्यकारों से परिचय बना रखा है। तुम उनसे मिलने क्यों नहीं चलते हो?'' पीताम्बर ने उत्तर दिया, ''बात साहित्यकार या असाहित्यकार की नहीं है। मैं ज्यादा लोगों से मिलने-जुलने में विश्वास नहीं करता। बहुत सारे लोगों से सतही मित्रता रखने के बजाय मैं बहुत कम लोगों से घनिष्ठ मित्रता रखने में विश्वास करता हूँ।...जिन्दगी का मेरा अपना अनुभव रहा है कि यदि हम सौ लोगों से दोस्ती बनाते हैं तो उनमें से केवल एक ही बचता है जो मित्र रह जाता है। बाकी में से कुछ दुश्मन बन जाएँगे,

कुछ ईर्ष्या-द्वेष रखने लगेंगे, कुछ चिढ़ने लग जाएँगे, कुछ खामियाँ खोजना शुरू कर देंगे आदि-आदि...। जो एक आदमी मित्र के रूप में बचा रहा गया है, हो सकता है वह भी तुम्हारा मित्र न रहकर तुम्हारे प्रति तटस्थ बन जाय। इसलिए मैं बहुत नये लोगों से मिलने और उनसे परिचय बनाने के चक्कर में नहीं रहता।''

दया की गणित

वंदन इस समय एम.ए. कर रहा था। बहुत विपत्ति का मारा हुआ था वह। जब वह दस साल का था, उसके पिता की नौकरी लग गयी। कहीं बाहर। वे जहाँ नौकरी करने गये, वहीं के होकर रह गये। वहीं उन्होंने दूसरी शादी कर ली और घर बना लिया। वंदन की माँ अनपढ़ थी। दूसरों के घर में काम करके वह वंदन का पालन-पोषण करने लगी। किसी तरह वंदन को पढ़ाती-लिखाती भी रही। वंदन अब अपनी पढ़ाई-लिखाई के साथ दूसरों को ट्यूशन भी पढ़ाने लगा था। माँ-बेटा किसी तरह गुजर-बसर कर रहे थे। उम्मीद की एक किरण दिखायी दे रही थी कि वंदन शायद पढ़-लिखकर कोई नौकरी पा जाय।

अचानक एक वज्रपात हो गया। वंदन की माँ की पीठ में दर्द रहने लगा। वंदन ने अपनी माँ को अच्छे डॉक्टर को दिखाया। सारी जाँच-पड़ताल के बाद पता चला कि रीढ़ की हड्डी में कोई गम्भीर समस्या है। डॉक्टर ने वंदन को बताया कि इलाज में कुल मिलाकर दो लाख रुपये लगेंगे, अन्यथा तुम्हारी माँ के बचने की कोई उम्मीद नहीं है।

वन्दन बहुत दुःखी हुआ। किसी तरह भोजन-पानी चल रहा था, यही बहुत बड़ी बात थी। दो लाख रुपये की व्यवस्था कर पाना उसके लिए असंभव कार्य था। उसे लगा कि सर पर पिता का साया वैसे नहीं है। लगता है, अब माँ का साया भी नहीं रहेगा।

वन्दन एक प्रोफेसर साहब को जानता था। वे बहुत ही सज्जन और उदार व्यक्ति थे। लोगों की यथा सम्भव मदद भी करते थे। उसने सोचा कि चलकर उन्हीं से मदद माँगता हूँ। उसने मन ही मन एक युक्ति सोची। उसे लगा कि घर पर बीवी-बच्चों के सामने शायद प्रोफेसर साहब कोई मदद देने से मना कर दें। वह एक दुकान जानता था जहाँ प्रोफेसर साहब अक्सर दोस्तों के साथ बैठकर चाय पीते थे। उसने वहीं मिलने का निश्चय किया।

वन्दन को अगले ही दिन प्रोफेसर साहब उस दुकान पर मिल गये। वे अपने एक मित्र के साथ बैठे हुए थे। वन्दन उनका पैर पकड़कर रोने लगा। प्रोफेसर साहब वन्दन को पहचानते थे और उसके बारे में सब कुछ जानते थे। वे घबराकर उसे उठाने लगे। वन्दन रोते-रोते बोला, ''सर, मेरी माँ की रीढ़ की हड्डी में कुछ समस्या आ गयी है। अगर उसका इलाज न हुआ तो वह मर जाएगी। उसके इलाज के लिए तीस हजार रुपये दे दीजिए।'' प्रोफेसर साहब ने उसे अगले दिन वहीं पर मिलने के लिए कहा।

अगले दिन प्रोफेसर साहब ने उसे तीस हजार रुपये दे दिये। वन्दन ने उन पैसों को सम्हालकर रख दिया।

एक सप्ताह बाद उसी दुकान पर वन्दन ने प्रोफेसर साहब का पैर पकड़ा। प्रोफेसर साहब ने पूछा, ''अब क्या हुआ?'' वन्दन बोला, ''सर, डॉक्टर साहब तीस हजार और माँग रहे हैं। मैं कहाँ से लाऊँ?'' प्रोफेसर साहब असमंजस में पड़ गये। उन्हें लगा कि अगर तीस हजार और न दिया तो पहले का दिया तीस हजार भी व्यर्थ हो जाएगा। बहुत सोचने-समझने के बाद उन्होंने वन्दन को फिर अगले दिन वहीं पर आने के लिए कहा दिया।

अगले दिन फिर वन्दन को फिर तीस हजार रुपये मिल गये। अब उसके पास साठ हजार रुपये हो गये। उसने अपनी माँ को ले जाकर अस्पताल में भर्ती करा दिया उसकी माँ का इलाज शुरू हो गया। चार दिन बाद अस्पताल से मिले सारे कागज-पत्तर लेकर वन्दन फिर प्रोफेसर साहब के सामने मुँह लटकाकर खड़ा हो गया।'' अब क्या हुआ?'' प्रोफेसर साहब के चेहरे पर तनाव आ गया। वन्दन मायूसी से बोला, ''सर, मेरी माँ अस्पताल में भर्ती हैं। डॉक्टर ने कहा है कि चालीस हजार रुपये और ले आओ अन्यथा अपनी माँ को अस्पताल से ले जाओ।'' उसने अस्पताल के सारे कागज प्रोफेसर साहब को दे दिये। प्रोफेसर साहब चिन्तामग्न होकर सारे कागजों को देखने लगे। उन्हें लगा कि दया के नाम पर मामला बजट के बाहर जा रहा है।

उन्होंने बड़ी मायूसी से वन्दन से कहा, ''ठीक है! कल आकर मुझसे पैसे ले लेना।'' अगले दिन वन्दन को चालीस हजार रुपये मिल गये। माँ का इलाज चालू था समस्या थी कि एक लाख रुपये और कहाँ से आयें? प्रोफेसर साहब से और पैसा माँगने कि वन्दन में हिम्मत नहीं रह गयी थी। कहीं दूसरी जगह से कोई उम्मीद नहीं थी।

सप्ताह भर बाद वन्दन फिर जाकर प्रोफेसर साहब का पैर पकड़कर रोने लगा। प्रोफेसर साहब ने चिढ़कर पूछा, "अब क्या हो गया?" वन्दन बोला, "डॉक्टर साहब एक लाख रुपये और माँग रहे हैं। प्रोफेसर साहब को वन्दन का पर शक हो गया। वे वन्दन के साथ अस्पताल गये। वहाँ डॉक्टरों से पता चला कि वन्दन एकदम सही है। बिना एक लाख रुपये मिले ऑपरेशन नहीं होगा।

प्रोफेसर साहब सोच में पड़ गये। उनके पास पैसे नहीं थे। परिवार में किसी को उनके इस उपकार की भनक नहीं थी, अन्यथा घर में हंगामा हो जाता। उन्हें लगा कि एक लाख रुपये की व्यवस्था न हो पायी तो इसकी माँ तो मरेगी ही, मेरे पहले के एक लाख रुपये पानी में बह जाएँगे।

उन्होंने बैंक से कर्ज लेकर एक लाख रुपये वन्दन को दिये।

मृत्यु की भविष्यवाणी

भुवनलाल के तीन बेटे थे—भँवर, चँवर और तँवर। भुवनलाल का शहर में काफी बड़ा घर था। तीनों बेटे पढ़ने में बहुत अच्छे नहीं थे। पढ़ाई-लिखाई पूरी हो जाने के बाद तीनों बेटों के लिए भुवनलाल ने शहर में तीन जगह आभूषणों की दुकानें खुलवा दीं। एक-एक दुकान हर बेटे के हवाले कर दी कि अब अपना कमाओ-खाओ। उन्होंने एक-एक कर तीनों बेटों की शादियाँ भी कर दीं।

भँवर की पत्नी का नाम था, वर्षा; चँवर की पत्नी का नाम था, निशा और तँवर की पत्नी थी शिवानी। जैसा कि प्रायः होता है, बेटों की शादी के बाद भुवनलाल का घर बिखर गया। तीनों बेटों की पत्नियाँ संयुक्त परिवार में रहने के लिए राजी नहीं थीं। उन्होंने अपने-अपने पतियों को सास-ससुर के अत्याचार की ऐसी दारुण गाथाएँ सुनायीं कि भँवर और चँवर ने द्रवित होकर शहर में ही अलग-अलग किराये के घर ले लिए। तँवर ने अपनी पत्नी को डाँट-डपट कर शान्त करा दिया। अब घर में बचे सिर्फ भुवनलाल, उनकी पत्नी चम्पा, बेटा तँवर और बहू शिवानी। सास-ससुर को झेलना प्रायः औरतों को दुनिया का सबसे कठिन काम लगता है। वर्षा और निशा को इससे मुक्ति मिल गयी।

साल-छः महीने में वर्षा और निशा भँवरलाल के घर का एक चक्कर लगा लेती थीं, जिससे परिवार में सम्बन्ध बना रहे। दोनों को यह भय था कि अगर सम्बन्ध पूरी तरह से समाप्त हो गया तो इस दुनिया से जाते-जाते बुड्ढा अपनी सारी जायदाद तँवर के नाम कर देगा।

भुवनलाल की पत्नी चम्पा काफी बीमार रहने लगीं। शहर के अच्छे से अच्छे डॉक्टरों से उनका इलाज कराया जा रहा था, लेकिन चम्पा की हालत दिनोंदिन गिरती जा रही थी। भँवर, चँवर और उनकी पत्नियाँ सतर्क हो गये। भँवर, चँवर को लगा कि शायद माँ का अन्तिम समय नजदीक आ गया है। थोड़ा सा हाथ लगा दिया जाय नहीं तो हमेशा के लिए कलंक लग जाएगा कि दो बेटे-बहुओं ने अपनी माँ के लिए कुछ नहीं किया।

डॉक्टरों ने परिवार को बता दिया कि चम्पा साल-छः महीने से ज्यादा नहीं चल पायेंगी। आप लोगों से जो सेवा करते बने, कर लीजिए। बहुत ज्यादा इलाज करने का अब कोई मतलब नहीं है।

सब चम्पा की सेवा में जुट गये। चँवर की पत्नी निशा ने तो स्थायी रूप से डेरा डाल दिया। अपनी सास की सेवा में वह तन-मन से जुट गयी। भुवनलाल ने उसे समझाया, "बेटी तुम इतनी परेशान मत हो। अपने घर जाओ। यहाँ सेवा करने के लिए हम लोग तो हैं ही।" निशा बोली, "नहीं पिताजी। मेरे पापा ने कहा कि इस समय तुम्हारी सास को तुम लोगों की सख्त जरूरत है। सब कुछ छोड़छाड़कर जाओ उनकी सेवा करो।"

सात-आठ महीने बीत गये। चम्पा जिन्दा थीं। निशा परेशान होकर सोचने लगी, 'लगता है बुढ़िया जल्दी मरेगी नहीं। मैं तो यहाँ आकर फँस गयी। अब कैसे भागूँ यहाँ से?' उसने अपना कष्ट अपने पति चँवर को बताया।

चँवर उसी दिन शाम को अपनी कुण्डली लेकर अपने परिचित एक बहुत बड़े ज्यातिषी के पास पहुँच गया। उनसे पूछा कि मेरी माँ कब तक जिन्दा रहेंगी। ज्योतिषी ने बहुत देर तक गणना की। फिर बोले, "इस समय जुलाई 2015 चल रहा है। ग्रहों की गति के हिसाब से आपकी माँ को दिसम्बर 2018 तक कुछ नहीं होगा।" चँवर घबरा गया।

उसने अगले दिन जाकर अपनी पत्नी को ज्योतिषी की बात बतायी। पत्नी उसी दिन बहाना करके अपने घर भाग आयी। पति-पत्नी ने निश्चय किया कि अब उधर हम लोग झाँकने नहीं जाएँगे। अब सीधे नवम्बर 2018 में वहाँ जाएँगे। उसने अपने बड़े भाई भँवर को भी ज्योतिषी की बात बता दी। भँवर, चँवर और वर्षा निशा दिसम्बर 2018 का इन्तज़ार करने लगे। वे अपने घर शान्ति से बैठ गये।

चार महीने बाद ही चम्पा का निधन हो गया।

कर्त्तव्य और अधिकार

गणपति और मालिनी पति-पत्नी थे। गाँव में रहते थे। गाँव में उनके पास पर्याप्त अचल सम्पत्ति थी। गणपति के चार बेटे थे। चारों ने शहर में अपना-अपना मकान बना लिया था और चारों ढंग से कमा खा रहे थे। बेटे बारी-बारी से प्रायः गाँव आते रहते थे, लेकिन अकेले। बीवी-बच्चों को वे कभी साथ नहीं लाते थे। बेटे अपने उपयोग के लिए आटा, दाल, चावल, तेल इत्यादि गाँव से ही ले जाते थे।

गणपति और मालिनी अब काफी वृद्ध हो चले थे। एक बार त्योहार में इत्तफाक से चारों बेटे इकट्ठे हो गये। गणपति ने अपने बेटों से कहा, "मैं और तुम लोगों की माँ अब बहुत बूढ़े हो चले हैं। हम लोगों को अपना काम-धाम करने में काफी दिक्कत होने लगी है। हम लोगों को भी अब तुम लोग अपने साथ ले चलो। यहाँ गाँव में हम लोगों की देखभाल करने वाला कोई नहीं है। हम लोग तुम लोगों के साथ रहेंगे तो बुढ़ाई ढंग से कट जाएगी।"

वहाँ सन्नाटा पसर गया। चारों बेटे एक दूसरे का मुँह देखने लगे। कुछ देर बाद सबसे बड़ा बेटा घुन्नाई आवाज़ में बोला, "जिन्दगी भर आपने मुझे तो कुछ समझा ही नहीं। मेरा सब कुछ कैसे चल रहा है और मैं कैसे जी-खा रहा हूँ, यह मैं ही जानता हूँ। सारी जिन्दगी तो आप लोग सबसे ज्यादा अपने छोटे बेटे को मानते रहे। जाइए उसी के साथ रहिए।" दूसरा भी बोला पड़ा, "हाँ-हाँ! मुझे भी आप हमेशा सौतेली निगाह से देखते रहे। कुछ नहीं किया आप लोगों ने मेरे लिए। आप दोनों की जान अपने सबसे छोटे बेटे में ही अटकी रही। जाइए आप लोग उसी के साथ।" तीसरा सिर खुजलाने लगा, "मेरे साथ तो मेरे सास-ससुर पहले ही रह रहे हैं। मेरे घर में इतनी जगह नहीं है कि मैं उसी में आप लोगों को भी रख लूँ। वैसे मेरे साथ भी आपने क्या किया है? आप दोनों ने जीवन भर जो कुछ किया, अपने सबसे छोटे बेटे के लिए किया। अब आप लोगों के साथ करने की बारी है तो वही करे जिसे आप सबसे ज्यादा मानते हैं।"

तीनों बेटे तू-तू-मैं-मैं पर उतर आये, "जिसको आप लोग सबसे ज्यादा मानते हैं, वही आप लोगों का करे। हम लोग क्यों करें?"

चौथा बेटा थोड़ा सुलझा हुआ और समझदार था। उसने कहा, "ठीक है! आप लोगों को कुछ भी करने की जरूरत नहीं है। माँ-बाबू जी को मैं अपने साथ ले जाऊँगा। बुढ़ाई में मैं करूँगा दोनों की सेवा। आप लोग पेरशान न होइए और निश्चिन्त रहिए।"

गणपति बोले, "तुम लोगों ने आज मेरी चिन्ता दूर कर दी। सब इस बात पर एकमत हैं कि मैं सबसे छोटे बेटे को सबसे ज्यादा मानता हूँ, अतः उसी को मेरी सेवा करनी पड़ेगी। मैं भी समझता हूँ कि अपने जिस बेटे को मैं सबसे ज्यादा मानता हूँ, उसी को अपनी सारी सम्पत्ति दे दूँ।" तीनों बड़े बेटे चिल्लाने लगे और गणपति से भिड़ गये। सबसे बड़ा बोला, "आपने ऐसा करने की कोशिश तो हम लोग आपका गला काट डालेंगे। गोली मार देंगे आपको। हम तीनों के रहते, ऐसा अन्याय करने की सोचिएगा भी मत..."

बीमारी की दवा

सर्वेश की अम्मा इधर काफी बीमार रहने लगी थीं। उम्र भी काफी हो गयी थी, अट्ठासी साल। सर्वेश ने अम्मा को डॉक्टर को दिखाया। डॉक्टर ने उनकी सारी जाँच करवा डाली। अन्त में उसने सर्वेश से कहा, ''इनकी बीमारी का नाम है—बुढ़ाई। इनको अब किसी इलाज की आवश्यकता नहीं है। बस इनकी सेवा करिए। जितने दिन चल जायँ, भगवान की कृपा।''

सर्वेश के बाबू जी पहले ही दिवंगत हो गये थे। वे पत्नी और बच्चों सहित अपनी अम्मा की सेवा करने लगे। हर तरह से अम्मा का ध्यान रखने लगे।

एक दिन अम्मा का मन बहलाने के लिए सर्वेश उनके पास बैठकर बातें कर रहे थे। उन्होंने सोचा कि अम्मा का अन्तिम समय है। इन्हें कुछ गीता की ज्ञान की बातें बताऊँ। वह बोलने लगे, ''अम्मा गीता में भगवान कृष्ण ने अर्जुन से कहा है—

यदा यदा हि धर्मस्य ग्लानिर्भवति भारत
अभ्युत्थानमधर्मस्य तदात्मानम् सृजाम्यहम्।

अर्थात् हे अर्जुन! जब-जब धर्म की हानि होती है और अधर्म की उन्नति होने लगती है, तब तब मैं अवतार लेता हूँ।

परित्राणाय साधूनाम् विनाशाय च दुष्कृताम्,
धर्मसंस्थापनार्थाय संभवामि युगे युगे।

अर्थात् सज्जनों की रक्षा करने के लिए, दुष्टों के विनाश के लिए और धर्म की स्थापना करने के लिए मैं हर युग में अवतार लेता हूँ।

अम्मा भड़क गयी, ''मुझे ये सब पता है। फालतू की बकवास करके मेरा सिर न खाओ।'' सर्वेश सोच में पड़ गये। वह सोचने लगे कि अब क्या करूँ? उनका छोटा भाई परिवार सहित उसी शहर में रहता था। वह और उसकी पत्नी अम्मा की बिलकुल भी परवाह नहीं करते थे, न कभी उनसे मिलने आते थे। सर्वेश ने कुछ सोचा और बोले, ''अम्मा आपकी छोटी बहू बहुत दुष्ट है और उतनी ही नकारा भी है।

उसमें क्या देखकर तुमने उसे अपनी बहू बना लिया था?'' अम्मा ने कहा, ''अरे बेटा, मुझसे बहुत बड़ी गलती हो गयी। पता नहीं कहाँ से वह नाशपीटी और कलमुँहीं मेरे घर में बहू बनकर आ गयी। मेरा बस चले तो मैं उसका मुँह झौंस (जला) दूँ।'' उसके बाद तो छोटी बहू की बुराई का पुराण शुरू हो गया। सर्वेश दो वाक्य बोलते तो अम्मा दस वाक्य बोलतीं। ऐसा लगा जैस अम्मा की सारी बीमारी छूमंतर हो गयी। वे बड़े मनोयोग से छोटी बहू की बुराई कह और सुन रही थीं।

कृपण

महाविद्यालय में डॉ. नीलिमा धर्माधिकारी भूगोल पढ़ाती थीं। निहायत ही कंजूस और मक्खीचूस महिला। क्या मजाल कि कोई उनसे एक पैसे निकलवा ले। मिठाई खाना तो दूर की बात थी, कोई उनके लाख पीछे पड़कर उनसे एक कप चाय नहीं पी सकता था। लाज-शर्म सब घोलकर पी गयी थीं। महाविद्यालय में विभिन्न चीजों में कभी-कभी सामूहिक चन्दा लग जाता। लगता रहे चन्दा! नीलिमा जी की बला से। इस तरह की सामूहिक चन्देबाजी से वे अपने को अलग कर लेतीं न किसी का खाना, न किसी को खिलाना।

नीलिमा जी काफी उम्रदराज थीं और उस वर्ष सेवानिवृत्त होने वाली थीं। एक दिन नीलिमा जी की अनुपस्थिति में प्राचार्य ने सारे प्राध्यापकों की एक सभा बुलायी। उन्होंने कहा, ''इस वर्ष नीलिमा जी सेवानिवृत्त हो रही हैं। हम लोगों को उनके लिए एक विदाई समारोह का आयोजन करना चाहिए। आप सभी लोगों से प्रार्थना है कि सभी लोग पाँच-पाँच सौ रुपये चन्दा दें, जिससे उनका एक अच्छा सा विदाई समारोह मनाया जा सके।'' जयंत जी भड़क गये, ''अरे सर जाने दीजिए उस मक्खीचूस बुढ़िया को। वे यहाँ से सेवानिवृत्त होकर चली जायँ, इसी में महाविद्यालय की भलाई है। उन्होंने कभी किसी चीज में एक पैसे चन्दा नहीं दिया है। हम लोग भी उनकी विदाई के लिए चन्दा नहीं देंगे।'' प्राचार्य ने समझाया, ''देखिए, उनका किया-धरा उनके साथ है। हमारा किया हमारे साथ है। हम लोग भी उन्हीं की तरह चिरकुटई करें, यह अच्छी बात नहीं है।''

नीलिमा जी की विदाई के लिए चंदा इकट्ठा होना शुरू हो गया। कोई चन्दा दे रहा था, कोई नहीं दे रहा था। बड़ी खींचतान चल रही थी। इस बीच नीलिमा जी सेवानिवृत्त हो गयीं और अपने घर बैठ गयीं। उनके सेवानिवृत्त हो जाने के बाद सबको संकोच लगने लगा और सबने चन्दा दे दिया। चन्दा इकट्ठा हो गया तो तय होने लगा कि कैसे हो विदाई समारोह।

जयंत जी ने सुझाव दिया, ''जितना चन्दा इकट्ठा हुआ है, उनके घर चलकर सब उन्हें दे आते हैं। बड़ी मक्खीचूस बुढ़िया है। समारोह करने में पैसा बर्बाद करेंगे तो उन्हें दुःख होगा। सारा पैसा नकद पा जाएँगी तो उनकी प्रसन्नता की सीमा नहीं रहेगी।'' सबको सुझावा अच्छा लगा।

एक दिन प्राचार्य समेत सारे प्राध्यापक उनके घर पहुँच गये। प्राचार्य ने सारा पैसा उन्हें देते हुए कहा, ''हम लोग आपके लिए एक विदाई समारोह आयोजित करना चाहते थे। जल्दी-जल्दी में सम्भव नहीं हो पाया। हम लोगों ने सोचा कि विदाई समारोह के लिए जितना पैसा इकट्ठा हुआ है, सब आपको दे दिया जाय!'' नीलिमा जी बहुत प्रसन्न हुईं, ''यह आप लोगों ने बहुत अच्छा किया। विदाई समारोह में पैसा बर्बाद कर देते तो क्या फायदा निकलता?''

कुछ देर बैठकर सब वहाँ से चल दिये। एक प्राध्यापक ने कहा, ''बुढ़िया ने आज भी चाय नहीं पिलायी। सारा पैसा दबाकर बैठ गयी।''

संस्कार

परवीन मेरी छात्रा थी। बी.ए. द्वितीय वर्ष में पढ़ती थी। मैं महाविद्यालय के पास ही किराये पर दो कमरे लेकर रहता था। परवीन कभी कभार मेरे कमरे पर भी आ जाया करती थी। मैं वहाँ अकेले ही रहता था। मेरा परिवार मेरे माँ-बाप के पास बनारस में रहता था। परवीन पढ़ने में तेज थी, लेकिन गरीब परिवार से थी।

एक बार मेरी पत्नी भी दस दिन के लिए मेरे पास आयीं। परवीन को पता चला तो वह बहुत खुश हुई। उसने महाविद्यालय में मुझसे पूछा, ''सर, क्या मैं आपके घर मैडम से मिलने आ सकती हूँ?'' मैंने कहा, ''हाँ-हाँ क्यों नहीं? जब इच्छा हो तब आ जाना।''

उस दिन शाम को परवीन मेरे कमरे पर आयी। मेरी पत्नी से मिलने। मैंने देखा उसने अपने दोनों हाथ दुपट्टे में छुपा रखे थे। उसके हाथों में कुछ था। उसने मेरी पत्नी को प्रणाम किया और अपने हाथों में छुपायी हुई वस्तु उन्हें दे दी। मैंने पूछा, ''क्या है?'' पत्नी से वह वस्तु मैंने ले ली। एक कई पन्ने फटी हुई पत्रिका थी। उस पर उसने अखबार का कवर करीने से चढ़ाकर उसे सजाने की असफल कोशिश की थी। मैंने पूछा, ''शबनम ये किस लिए लायी हो?'' उसने बड़े संकोच के साथ कहा, ''मैं मैडम से मिलने आ रही थी। यह बात मैंने अपनी माँ को बतायी। मेरी माँ ने कहा कि किसी से मिलने पहली बार जाते हैं तो खाली हाथ नहीं जाते इसीलिए मैडम के लिए यह मैं ले आयी हूँ।''

पैसेवाले के बच्चे

डॉ. बादलांक शहर के एक बड़े डॉक्टर थे। खूब प्रैक्टिस चलती थी। वे पूरा पैसा छापने की मशीन थे। धीरे-धीरे शहर में उन्होंने अपना बड़ा सा एक निजी अस्पताल बनवा लिया।

उनके दो बच्चे थे। बेटी मधुरिमा इस समय एम.एस.सी. कर रही थी। शहर में ही। बेटा वैभव इस समय डोनेशन से डॉक्टरी पढ़ रहा था। बेटे को डॉक्टरी पढ़ाने के लिए बादलांक अकूत पैसा फूँक रहे थे। आगे चलकर उसे डॉ. बादलांक का अस्पताल जो सँभालना था।

डॉ. बादलांक के पैसे पर उनके दोनों बच्चे ऐश कर रहे थे। डॉक्टर साहब के पास इतना समय नहीं था कि वे बच्चों के पीछे अपना समय बर्बाद करें। बच्चों को पैसे देकर डॉक्टर बादलांक अपने को सारी जिम्मेदारियों से मुक्त समझते थे। बेटा वैभव अक्सर भागकर शहर में ही आया रहता। उसके ज्यादातर दोस्त यहीं थे।

एक बार मधुरिमा ने अपने ब्वाय-फ्रेन्ड के सामने प्रस्ताव रखा कि कहीं दूर चलकर मौजमस्ती की जाय। वह तैयार हो गया। मधुरिमा ने बड़े कलात्मक तरीके से चेहरे पर कपड़ा बाँधकर चेहरे को छुपा लिया। ब्वाय-फ्रेन्ड ने उसे मोटरसाइकिल पर बैठाया और हवा से बातें करने लगा। मधुरिमा उसके पीछे बैठी उससे कसकर लिपटी हुई थी। दोनों रफ्तार का लुत्फ ले रहे थे।

घंटों चलते-चलते दोनों एकदम सुनसान खेतों की तरफ पहुँच गये। खेतों में फसलें खड़ी थीं। दूर-दूर तक कोई नहीं दिख रहा था। मधुरिमा ने अपने दोस्त को रुकने को कहा। मोटरसाइकिल रोककर दोनों वहीं बैठ गये और बातें करने लगे। मधुरिमा को जब यह विश्वास हो गया कि इधर कोई नहीं आयेगा तो वह अपने दोस्त का हाथ पकड़कर उसे खेतों में खींच ले गयी। खेत में दोनों ने कपड़े उतार दिये और मौजमस्ती करने लगे।

काफी देर बाद दोनों फिर मोटरसाइकिल पर बैठ गये। मधुरिमा ने फिर कलात्मक तरीके से अपने चेहरे पर कपड़ा लपेट लिया। दोनों वापस चल दिये शहर की ओर।

शहर पहुँचने के थोड़ा सा पहले अचानक चार लड़कों ने उनकी मोटरसाइकिल रोक ली। चारों के हाथ में हॉकी-स्टिक थी। पहले उन्होंने मधुरिमा के दोस्त को आठ-दस हॉकी-स्टिक जमायी। वह हाय-हाय करने लगा। चारों ने उसे एक किनारे फेंक दिया। अब चारों में से एक ने मधुरिमा की कलाई पकड़ ली। उसने जोर से मधुरिमा के चेहरे पर फूँक मारी। मधुरिमा के नथुनों में शराब का भभका घुस गया। उसने चेहरे पर कपड़ा लपेट रखा था, उसके बावजूद। मधुरिमा ने लड़के को जोर से एक थप्पड़ मारा। लड़के को क्रोध आ गया। उसने मधुरिमा की कमीज पकड़कर खींच लीं। कमीज फट गयी। शुक्र था कि मधुरिमा ने ब्रॉ पहन रखी थी, अन्यथा उसकी इज़्ज़त वहीं लटकने लगती। मधुरिमा ने फिर खींचकर एक थप्पड़ उसे लड़के को मारा। लड़का उसके चेहरे पर के कपड़े को खींचने लगा। मधुरिमा ने कपड़े को कसकर पकड़ लिया। इस छीना-झपटी में चेहरे पर का कपड़ा अन्ततः हट गया। लड़का रुँआसी आवाज़ में जोर से चीखा, ''दीदी तुम?''

नया-जूता

डॉ. अरिमर्दन की उम्र चालीस साल थी और वे महाविद्यालय में शारीरिक शिक्षा के प्राध्यापक थे। लम्बे-चौड़े और ताकतवार व्यक्ति। लम्बाई छः फीट से ज्यादा। उनका स्वभाव प्रायः अच्छा रहता। ईमानदार और कर्तव्यनिष्ठ व्यक्ति थे।

उनके स्वभाव में एक विचित्रता थी। महाविद्यालय में प्राचार्य से लेकर चपरासी तक, अगर कोई भी उनके काम में अड़ंगा लगाने की कोशिश करता तो वे उग्र हो उठते थे। अरिमर्दन उग्र हो उठते, तो उन्हें सँभालना कठिन हो जाता। फिर तो वे धुँआधार डाँटने, गाली देने या पीटने जैसा कोई भी कार्य सम्पादित कर सकते थे। एक बार उन्होंने महाविद्यालय के प्राचार्य का कालर पकड़कर हिला दिया। प्राचार्य उनके खिलाफ लिखा-पढ़ी करने लगे। फिर तो उन्होंने प्राचार्य को पटक-पटककर लतियाया। उसके बाद से महाविद्यालय में उनका ऐसा खौफ पैदा हो गया कि कोई भी व्यक्ति उनसे पंगा लेने से डरने लगा। अब तक महाविद्यालय के कई प्राध्यापक, क्लर्क और चपरासी उनके कोप के भाजन बन चुके थे।

उस दिन डॉ. अरिमर्दन महाविद्यालय में एकदम नया चमचमाता हुआ काला जूता पहनकर आये। महाविद्यालय में घुसते ही एक बाबू उनके सामने पड़ गया। बाबू बोला, ''नमस्कार डॉक्टर साहब!'' अरिमर्दन ने सिर हिला दिया। बोले कुछ नहीं। बाबू की निगाह उनके नये चमचमाते हुये जूते पर पड़ी। वह वहाँ से खिसक लिया। उसने जाकर एक दूसरे बाबू को बताया, ''अरिमर्दन सर आज एकदम नया जूता पहनकर आये हैं। गुस्से में लग रहे हैं। लगता है, उसी जूते से किसी को पीटेंगे।'' ''अच्छा?'' उस बाबू ने सहमकर कहा।

दूसरा बाबू दौड़कर एक प्राध्यापक के पास पहुँचा। उनसे बोला, ''आज अरिमर्दन सर एकदम नया जूता पहनकर आये हैं। कह रहे थे कि आज कॉलेज में मेरे हाथों एक व्यक्ति इस नये जूते से पिटेगा। उन्होंने किसी का नाम नहीं लिया।'' अब तो यह बात पूरे महाविद्यालय में तेजी से फैलने लगी। सारे प्राध्यापक,

बाबू और चपरासी सतर्क हो गये। भयवश अरिमर्दन से पूछने की किसी की हिम्मत नहीं पड़ी। सब हिसाब लगाने लगे कि अरिमर्दन को मुझसे तो कोई समस्या नहीं है।

कुछ प्राध्यापक प्राचार्य के पास गये और उनको सारी कहानी बताई। उन्होंने प्राचार्य से प्रार्थना की कि आप ही किसी तरह उन्हें सम्हालिए, अन्यथा कॉलेज में आज कोई जरूर उनके हाथों जूते-जूते पीटा जाएगा। मन ही मन प्राचार्य की भी घिग्घी बँध गयी लेकिन उन्होंने कहा, ''आप लोग चिन्ता मत करिए। मैं सब कुछ सँभाल लूँगा।''

प्राचार्य ने एक चपरासी को बुलाया। उसे आदेश दिया, ''जाकर जल्दी से किसी अच्छी दुकान से एक किलो बढ़िया मिठाई ले आओ।'' प्राचार्य को पता था कि अरिमर्दन को मिठाइयाँ बहुत पसन्द हैं। चपरासी चला गया। आधे घण्टे के अन्दर वह मिठाई लेकर आ गया।

अरिमर्दन की कक्षाएँ समाप्त हो गयीं। वे महाविद्यालय के रजिस्टर में हस्ताक्षर करने के लिए प्राचार्य कक्ष की ओर चल दिये। प्राचार्य उन्हें देखते ही जोर से चिल्लाये, ''आइए-आइए अरिमर्दन जी। मैं आपकी ही राह देख रहा था। बहुत बड़ी खुशखबरी आपको सुनानी है।'' अरिमर्दन जाकर प्राचार्य के पास बैठ गये, ''क्या हुआ सर?'' प्राचार्य बोले, ''आप तो जानते ही हैं न कि मेरा बड़ा बेटा एक प्राइवेट कम्पनी में इंजीनियर है। उसका प्रमोशन हो गया। उसका वेतन पचास हजार रुपये महीने बढ़ गया। इस खुशी में मिठाई खाइए।'' ''बहुत-बहुत बधाई हो सर! सुनकर मन खुश हो गया। इस खुशी में तो मिठाई जरूर खायी जाएगी। बहुत-बहुत बधाई सर, बहुत-बहुत बधाई!'' अरिमर्दन चहककर बोले और मिठाई लेकर खाने लगे। प्राचार्य ने आग्रह कर-करके उन्हें चार-पाँच मिठाइयाँ खिलायीं। वे मिठाई खा चुके तो प्राचार्य ने उनकी तरफ पानी का गिलास बढ़ा दिया।

अरिमर्दन घर चले गये। प्राचार्य सारे प्राध्यापकों को इकट्ठा करके अपनी बहादुरी बताने लगे। कितनी होशियारी से मैंने अरिमर्दन का मूड ठीक कर दिया और सारा मामला रफा-दफा कर दिया।

मैं कहता आँखिन की देखी

पुष्पनाथ बहुत बड़े नेता थे। इस समय प्रदेश में उन्हीं की पार्टी की सरकार थी। पुष्पनाथ पार्टी में मुख्यमंत्री के बाद नम्बर दो नेता थे। वे भी सरकार में कैबिनेट मंत्री थे और मंत्री के रूप में उनकी बड़ी हनक थी।

चुनाव नजदीक आ रहे थे। पुष्पनाथ अपने बड़े बेटे, मित्रनाथ को भी पार्टी में जमाना चाह रहे थे। उन्होंने तय किया कि इस बार अपनी सीट से मैं अपने बेटे को लड़ाऊँगा। अगर प्रदेश में फिर पार्टी की ही सरकार बनी तो बेटे को मंत्री बनवा दूँगा। मैं लोकसभा का चुनाव लड़ूँगा।

चुनाव आ गये। पुष्पनाथ ने अपनी विधानसभा सीट से अपने बेटे मित्रनाथ को टिकट दिलवा दिया। चुनाव प्रचार शुरू हो गया। पुष्पनाथ ने प्रचार में अपनी सारी ताकत झोंक दी। उनके परिवार का कुलदीपक पहली बार चुनाव लड़ रहा था। खानदान की अगली पीढ़ी को राजनीति में जमाया जाना था, जिससे क्षेत्र में खानदान का रौब यथावत बना रहे।

चुनाव प्रचार अपने चरम पर पहुँच गया। पुष्पनाथ ने सारा गुणा-भाग करके देखा कि सीट पर बेटे की स्थिति ठीक नहीं है। कोई उम्मीद नहीं है कि चुनाव निकल पायेगा। वे चिन्तित हो उठे। उन्हें लगा कि हारने से बेटे की स्थिति तो डाँवाडोल होगी ही, मेरी इज़्ज़त भी मिट्टी में मिल जाएगी। उन्होंने चुनाव प्रचार से ध्यान हटाकर, चुनाव के दिन की गणित पर चिन्तन-मनन करना शुरू कर दिया।

अपने गुर्गों से उन्होंने अकूत पैसा मँगाना शुरू किया। सारा पैसा घर में इकट्ठा किया जाने लगा। उन्होंने अपने अति-विश्वस्त लोगों की टीम बनानी शुरू कर दी। उसी टीम के सदस्यों पर चुनाव के दिन की एक-एक जिम्मेदारी सौंपी जाने लगी। तय हुआ कि सभी मतदान केन्द्रों पर दो बजे के बाद सन्नाटा छाने लगता है। दो से पाँच बजे के बीच सारा खेल करने का निश्चय किया गया।

हर मतदान केन्द्र पर हर पार्टी ने अपने-अपने अभिकर्ता नियुक्त किये। सारी पार्टियों के सारे अभिकर्ताओं को एक दिन पहले पच्चीस-पच्चीस हजार रुपये

पकड़ा दिये गये। उन्हें समझा दिया गया कि किसी तरह का हल्ला-गुल्ला मत करना। हम लोग फर्जी वोटिंग करवायेंगे। बाहर से जितने भी कर्मचारी क्षेत्र में मतदान करवाने आये थे, उन्हें भी रात में एक-एक लाख रुपये पकड़ा दिये गये। उनसे कहा गया कि दो बजे के बाद धुँआधार फर्जी वोटिंग करवानी है सबको मिलकर। जो भी ना-नुकुर करेगा, वह अपने घर जीवित वापस लौटकर नहीं जाएगा। सत्ताधारी पार्टी के इतने बड़े नेता का आदेश था। सब की घिग्घी बँध गयी। कर्मचारियों ने सोचा कि सहयोग करने में ही भलाई है। हम किसी तरह सही-सलामत अपने घर वापस लौट जायँ। बाकी चाहे जो हो, हमसे क्या लेना-देना है?

अगले दिन मतदान होने लगा। हर बूथ पर दो बजे के बाद लगभग सन्नाटा हो गया। कहीं कोई इक्का-दुक्का आ जाता तो कोई बहाना करके उसे वापस कर दिया जाता। सारे मतदान केन्द्रों पर अन्दर धुँआधार फर्जी मतदान हो रहा था। बाहर सब कुछ सामान्य नज़र आ रहा था। चूँकि सत्तारूढ़ पार्टी मामला था, पुलिसवाले भी सब कुछ से बेखबर बने हुए थे।

चुनाव के बाद सारे विशेषज्ञों ने एक स्वर से भविष्यवाणी कर दी पुष्पनाथ का बेटा मित्रनाथ इस बार चुनाव में हार जाएगा। चुनाव परिणाम आने पर स्थिति एकदम उलट गयी। मित्रनाथ जबर्दस्त मतों से विजयी हुआ। पुष्पनाथ ने समर्थन देने के लिए जनता का आभार व्यक्त किया।

सर्वेभ्यो...

रामबाण तिवारी और अहिबरन तिवारी गाँव में अगल-बगल रहते थे। दोनों में भयंकर दुश्मनी थी। दोनों एक दूसरे को फूटी आँख नहीं सुहाते थे।

एक बार रामबाण तिवारी के घर पूजा थी। पूजा में रामबाण तिवारी बैठे थे। पूजा होने लगी। पूजा करानेवाले पंडित जी बड़े विधि-विधान से पूजा करा रहे थे। पूजा के दौरान पंडित जी ने रामबाण तिवारी से दो-तीन बार कहा, "कहिए सर्वेभ्यो ब्राह्मणेभ्यो नमः।" रामबाण ने दुहराया, "सर्वेभ्यो ब्राह्मणेभ्यो नमः।" वहीं पर रामबाण का बेटा चंचल खड़ा था। बारहवीं में पढ़ता था वह। उसका एक विषय संस्कृत भी था। उसने पण्डित जी को दो मिनट पूजा रोकने के लिए कहा। अपने पिता के कान में जाकर फुसफुसाने लगा, "पिता जी आप तो अनर्थ कर रहे हैं।" "क्या हो गया?" रामबाण तिवारी ने आश्चर्य से पूछा। चंचल बोला, "पण्डित जी बार-बार आपसे कहलवा रहे हैं—'सर्वेभ्यो ब्राह्मणेभ्यो नमः।' इसका अर्थ होता है कि सभी ब्राह्मणों को नमस्कार है।" "तो इसमें अनर्थ की क्या बात है?" रामबाण ने पूछा। चंचल खिसियाकर बोला, "सारे ब्राह्मणों में तो अहिबरन तिवारी भी आ जा रहे हैं। आप बार-बार उनको भी नमस्कार कर रहे हैं।" रामबाण को ताव आ गया, "अच्छा? ऐसी बात?...पण्डित जी आप यह क्या कर रहे हैं? मुझसे बार-बार अहिबरन तिवारी को नमस्कार करवा रहे हैं?" पण्डित जी आश्चर्यचकित रह गये, "मैंने कब आपसे अहिबरन तिवारी को नमस्कार करवाया?" रामबाण बोले, "आप बार-बार मुझसे कहलवा नहीं रहे हैं कि सर्वेभ्यो ब्राह्मणेभ्यो नमः। सभी ब्राह्मणों में अहिबरन तिवारी भी नहीं आ जा रहे हैं? आप यह नहीं बोल सकते—अहिबरन तिवारी को छोड़कर सर्वेभ्यो ब्राह्मणेभ्यो नमः?" पण्डित जी ने कहा, "यजमान, यह सम्भव नहीं है। पूजा की अपनी एक रीति होती है। आपको उसी रीति से पूजा करनी पड़ेगी।" रामबाण ताव खाकर रह गये।

पण्डित जी फिर से पूजा कराने लगे। अचानक उन्होंने फिर बोल दिया, "कहिए सर्वेभ्यो ब्राह्मणेभ्यो नमः।" रामबाण ने कहा, "अहिबरन तिवारी को छोड़कर सर्वेभ्यो ब्राह्मणेभ्यो नमः।"

दो दोहे

स्वयंवर जी अर्थशास्त्र के बहुत बड़े विद्वान थे और एक विद्वान अर्थशास्त्री के रूप में वे पूरे देश में प्रसिद्ध थे। स्वाभाविक था कि बहुत बड़े लोगों से उनके सम्बन्ध थे। उनके इन सम्बन्धों का लाभ प्रायः उनके परिचितों और मित्रों को मिल जाया करता था। स्वयंवर जी बड़े लोगों से कह-सुनकर अपने परिचितों का काम करा देते थे।

स्वयंवर जी के एक बड़े चालाक मित्र थे मंगला प्रसाद। एक बार मंगला प्रसाद का एक बड़ा काम फँस गया। उन्होंने सोचा कि चलकर स्वयंवर से कहूँ वह जरूर मेरा काम करा देगा। ज्यादातर अंत्री-मंत्री उसके परिचित हैं।

एक दिन शाम को मंगला प्रसाद स्वयंवर जी के यहाँ धमक पड़े। उन्होंने सोचा कि काम बताने के पहले स्वयंवर की चापलूसी कर ली जाय। काम करवाने की भूमिका के लिए यह जरूरी होता है। हें-हें करते हुए बोले, ''स्वयंवर भाई मैं कभी-कभी सोचता हूँ तो खुद से ईर्ष्या होने लगती है। मेरे जैसे देश में कुछ ही लोग होंगे जिनकी आप जैसे विद्वानों से मित्रता होगी।'' स्वयंवर हँसने लगे, ''मंगला प्रसाद जी, मैंने गोस्वामी तुलसीदास द्वारा लिखित 'रामचरितमानस' का गहराई से अध्ययन किया है। उसमें लिखा है—

बोले बिहँसि महेस तब, ग्यानी मूढ़ न कोइ।
जब जेहिं जस रघुपति करहिं, सो तस तेहि छन होइ।।

अर्थात् संसार में न तो कोई विद्वान है और न कोई मूर्ख। भगवान राम जब जिसको जैसा बना देते हैं, वह वैसा हो जाता है।''

''वह तो ठीक है! भगवान की कृपा के साथ आपका अपना भी पुरुषार्थ है। ऐसे ही आपका यश देश भर में थोड़े ही व्याप्त है?''

''इसके बारे में भी 'रामचरितमानस' में बहुत अच्छी बात लिखी हुई है—

सुनहु भरत, भावी प्रबल, बिलखि कहेउ मुनिनाथ।
हानि लाभ जीवन मरण जस अपजस बिधि हाथ।।

अर्थात् हानि, लाभ, जन्म, मृत्यु, यश और अपयश ईश्वर के हाथ में होता है। इन सब में मनुष्य कुछ नहीं कर सकता। 'रामचरितमानस' के इन दो दोहों को मैं चौबीसों घण्ट गाँठ में बाँधे रहता हूँ।''

''क्यों?''

''क्योंकि ईश्वर का सबसे प्रिय आहार होता है—घमण्ड। जिस क्षण मैं इन दोनों दोहों को भूल जाऊँगा, उसी क्षण मेरे अन्दर घमण्ड पैदा हो जाएगा। जहाँ मन में घमण्ड पैदा हुआ, वहाँ मैं गिरा गड्ढे में...खैर ये सब गुणगान करना छोड़ो। सीधे-सीधे बताओ कि किस काम से आये हो?''

लक्ष्मी जी का वास

कर्मेश अपनी पत्नी भुवी के साथ शहर में सेवानिवृत्ति का जीवन जी रहे थे। अच्छा-खासा अपना निजी घर था। उनके दो बेटे थे—मकरन्द और पद्मधर। दोनों इस समय नौकरी कर रहे थे। मकरन्द शहर में ही एक बैंक में मैनेजर था, जबकि पद्मधर किसी ऑफिस में क्लर्क था। मकरन्द की शादी हो चुकी थी। सारा परिवार साथ ही रहता था।

पद्मधर की भी शादी हो गयी। पद्मधर की पत्नी नीला काफी तेज तर्रार थी। जल्दी ही उसका संयुक्त परिवार में दम घुटने लगा। परिवार में मकरन्द की ज्यादा चलती थी। प्रायः घर में उन्हीं की सलाह के हिसाब से काम होता था इससे नीला को और खुन्नस रहने लगी।

नीला अकेले में हमेशा अपने पति से सास-ससुर और जिठानी की बुराई करती रहती। वह पति को समझाती कि कैसे उसके ऊपर हमेशा घनघोर अत्याचार होता रहता है। ऐसा दीन-हीन चेहरा बनाये रहती जैसे वह दुनिया की सबसे दुखियारी औरत है। पद्मधर अपनी पत्नी का एकदम भक्त हो चुका था। पत्नी को दुःखी देखकर वह भी दुःखी रहता था। वह प्रायः अपने बड़े भाई से अपनी पत्नी के ऊपर होने वाले अत्याचारों की शिकायत करता रहता। वह यह भी कहता, "शास्त्रों में लिखा है कि जिस व्यक्ति की पत्नी दुःखी रहती है, उसके घर कभी लक्ष्मी का वास नहीं होता। मैं हमेशा इसी तरह दरिद्र बना रहूँगा।" मकरन्द समझदार व्यक्ति थे। वे पद्मधर को समझाते, "शादी होने के बाद जब कोई लड़की पराये घर में जाती है तो उसे उस घर में अपने को समायोजित करने में थोड़ा समय लगता। धीरे-धीरे सब ठीक हो जाता है। तुम्हारी पत्नी भी धीरे-धीरो इस घर में समायोजित हो जाएगी।"

पद्मधर और नीला का मुँह टेढ़ा रहा। दोनों दुखियारे ही बने रहे।

अचानक मकरन्द का स्थानान्तर काफी दूर हो गया। वे अपनी पत्नी और बेटी को लेकर चले गये। जाने के पहले वे पद्मधर को खूब समझाकर गये कि माँ-बाबू जी का ठीक से ध्यान रखना।

अब नीला घर की मालकिन हो गयी। वह अपने असली रंग में आ गयी। घर में उसका हुक्म चलने लगा। पद्‌मधर बड़ी खुशी से पत्नी के आदेश के हिसाब से चलने लगा। नीला को सास-ससुर बोझ लगते थे, लेकिन जेठ के भय से वह उन्हें घर से नहीं निकाल सकती थी। ससुर की पेन्शन भी साधिकार वह अपने कब्जे में ले लेती थी। कर्मेश और उनकी पत्नी भुवी के दुर्दिन आ गये। किसी तरह दो वक्त का भोजन मिल जाता था, यही गनीमत थी।

दस महीने बाद मकरन्द घर का हाल-चाल लेने आये। माँ-बाप की दुर्दशा देखकर उनकी आँखों में खून उतर आया। उन्होंने पद्‌मधर से पूछा, ''जिस घर में पत्नी दुःखी रहती है उस घर में कभी लक्ष्मी का वास नहीं होता यह शास्त्रों में लिखा है, लेकिन जिस घर में बूढ़े माँ-बाप दुःखी रहते हैं, उस घर का क्या होता है यह शास्त्रों में नहीं लिखा है?''

जाते समय मकरन्द माँ-बाप को अपने साथ ले जाने लगे। पद्‌मधर बोला, ''भैया माँ-बाबू जी को आप यहाँ से लिवा जा रहे हैं? उनको यहीं रहने दीजिए।'' मकरन्द ने कहा, ''दरअसल अब इस घर में लक्ष्मी जी का वास हो चुका है। लक्ष्मी जी ने ही मुझसे कहा कि इन दोनों बुजुर्गों की इस घर में जो दुर्दशा हो रही है, वह मुझसे देखी नहीं जा रही है। इन दोनों को तुम अपने साथ ले जाओ।''

सिर पर गंज

शुरूआत सिर पर घोड़े की लीद मलने से हुई। अमनमणि को किसी ने बताया कि सिर पर घोड़े की लीद मलने से झड़े हुए बाल फिर से उग आते हैं। बचे हुए बाल और घने हो जाते हैं। सिर पर साल भर घोड़े की लीद मली गयी। कोई फायदा नहीं हुआ।

अमनमणि अभी पच्चीस साल के थे और अभी से बाल झड़ने लगे। वे बुरी तरह विचलित हो गये। खूबसूरत व्यक्तित्व के स्वामी थे। तमाम सुंदरियाँ आगे-पीछे घूमती थीं। अपनी खूबसूरती की ऐंठ में जल्दी वे किसी लड़की को मुँह नहीं लगाते थे। घने बाल किसी के भी सौन्दर्य के प्रमुख तत्व होते हैं। स्त्री हो या पुरुष। मानो सुंदरियों का श्राप अमनमणि के सिर पर लग गया। बाल झड़ने लगे। भयातुर अमनमणि बालों का झड़ना रोकने के लिए कुछ भी करने को तैयार थे।

उन्हें किसी ने बताया कि सूखे आँवले को रात में लोहे के बरतन में भिगो दो। दिन में नहाने के दो घंटे पहले आँवलों को पीसकर सिर पर छोप लो। जल्दी ही बालों का झड़ना बन्द हो जाएगा और झड़े हुए बाल फिर से उग आयेंगे। घोड़े की लीद लेपना बन्द। भीगे हुए सूखे आँवलों को पीसकर छोपना चालू। वे अक्सर शीशे में अपना सिर देखते रहते। कभी लगता कि बाल उग रहे हैं। कभी लगता कि बाल नहीं उग रहे हैं। जब उन्हें लगता कि बाल उग रहे हैं तो प्रफुल्लता के मारे उनके पैर जमीन पर न पड़ते। जब लगता कि बाल नहीं उग रहे हैं तो वे निराशा के गर्त में डूब जाते थे।

सिर पर आँवला छोपते चार-पाँच साल हो गये। इस बीच उनकी नौकरी भी लग गयी और शादी भी हो गयी। अमनमणि विश्वविद्यालय में प्राध्यापक हो गये। बालहीनता का क्षेत्रफल बढ़ता जा रहा था। उसी अनुपात में उनकी विकलता भी बढ़ती जा रही थी। लड़कियों में उनके प्रति आकर्षण कम होता जा रहा था। लड़कियों से भाव खाने के बजाय अब वे खुद ही लड़कियों को पकड़-पकड़कर बात करने लगे थे।

आँवले ने उन्हें निराश कर दिया। किसी वैद्य ने उन्हें एक घास दिखायी और उसका रस सिर पर लेपने की सलाह दी। फिर क्या था। वे सिर पर रोज उस घास का रस लेपने लगे। विश्वविद्यालय से लौटते समय उस घास की खोज में वे न जाने कहाँ-कहाँ की खाक छानकर घर लौटते थे। पत्नी उनकी इस हरकत से सशंकित थी। उसने कई बार टोका, ''अब तो शादी हो चुकी है। मुझे तुम्हारे झड़े बालों से काई समस्या नहीं है। बाल उगाने के लिए क्यों इतना परेशान हो? दुबारा लग्नमंडप में बैठना है क्या?'' विश्वविद्यालय में लड़कियाँ भी पढ़ती थीं। पत्नी को भय था कि हो न हो, ये विश्वविद्यालय की लड़कियों के चक्कर में ही अपने सिर पर बाल उगाने के पीछे पड़े हैं। वह किसी भी हालत में घास का रस लेपन रुकवाना चाह रही थी। अमनमणि दृढ़प्रतिज्ञ तपस्वी की भाँति अपनी साधना पर अटल थे।

धीरे-धीरे अमनमणि पचास साल के हो गये। अपने सिर पर बाल उगाने के लिए वे पच्चीसों तरह की तपस्याएँ कर चुके थे। उन्होंने निराश होकर सब कुछ बन्द कर दिया। उन्होंने स्वीकार कर लिया कि इस समस्या का कोई समाधान नहीं है। अब तक उनके सिर की गंज काफी विराट हो चुकी थी और काफी डिफारेस्टेशन हो चुका था।

एक बार विश्वविद्यालय में विज्ञान की प्रगति पर कोई व्याख्यान हो रहा था। उस समारोह में अमनमणि भी बैठे हुए थे। एक विदेशी विद्वान विज्ञान की प्रगति पर अंग्रेजी में धारा प्रवाह भाषण दे रहे थे। विज्ञान कैसे-कैसे बहुत ऊँचाई पर पहुँच गया और कैसे वह भविष्य में ऊँचाइयों को नापेगा। अमनमणि बुदबुदाये, ''चुप साले! विज्ञान ने खाक प्रगति की है। आज तक विज्ञान सिर पर बाल उगाने के लिए न तो खाने की कोई दवा खोज पाया और न लगाने की, ऊपर से बके चला जा रहा है कि विज्ञान ने ये तीर मारा, विज्ञान ने वो तीर मारा।''

माँ दुर्गा का न्याय

कीर्तन सिंह उत्तर प्रदेश के एक राजकीय महाविद्यालय में प्राध्यापक थे। न ऊधो का लेना न माधो का देना। एकदम संत आदमी। उनसे जितना बन पड़ता, दूसरों की मदद करते रहते। किसी को नुकसान पहुँचाने के बारे में सोचते भी नहीं थे। उनके अंदर एक ही अवगुण था, जिसके कारण वे मात खा जाते। उन्हें चापलूसी करना नहीं आता था। उनका अधिकांश समय माँ दुर्गा की सात्विक साधना में बीतता।

कीर्तन जी की प्रोन्नति काफी समय से रुकी हुई थी। प्रवक्ता से वरिष्ठ प्रवक्ता, वरिष्ठ प्रवक्ता से चयन वेतनमान, चयन वेतनमान से रीडर पदनाम—ये सारे लाभ उन्हें अब तक मिल जाने चाहिए थे। वे अभी प्रवक्ता पद पर ही अटके हुए थे। प्रोन्नति के लिए वे दौड़भाग तो खूब कर रहे थे, लेकिन चापलूसी न आने के कारण उनका सारा काम अटका हुआ था।

पूरे प्रदेश के प्राध्यापकों की प्रोन्नति प्रक्रिया फिर से शुरू हुई। कीर्तन जी ने सारी औपचारिकताएँ पूरी करके अपनी प्रोन्नति के लिए भी आवेदन किया। कुछ दिनों बाद सारे प्राध्यापकों की प्रोन्नति की कार्यवाही शुरू हो गयी। अधिकांश प्राध्यापकों की प्रोन्नति तो उनके कागजात देखकर हो गयी, परन्तु कुछ थोड़े से प्राध्यापकों को उच्च शिक्षा निदेशालय में साक्षात्कार के लिए बुला लिया गया। उनमें से कीर्तन जी भी थे। दर असल उच्च शिक्षा निदेशालय के सहायक निदेशक पाण्डेय जी, संयुक्त शिक्षा निदेशक चन्द्रा जी और निदेशक बेग साहब, तीनों कीर्तन जी से चिढ़ते थे और इन्हीं तीनों को साक्षात्कार लेना था।

कीर्तन जी साक्षात्कार के लिए इलाहाबाद गये। उच्च शिक्षा निदेशालय उत्तर प्रदेश में। उनका साक्षात्कार सहायक शिक्षा निदेशक पाण्डेय जी, संयुक्त शिक्षा निदेशक चन्द्रा जी और निदेशक बेग साहब ने कुटिलता से मुस्कराते हुए लिया। सारी योग्यताएँ और सारी औपचारिकताएँ पूरी होने पर भी तीनों ने साक्षात्कार में ही कीर्तन जी की प्रोन्नति करने से मना कर दिया। कीर्तन जी व्यथित होकर बाहर

चले आये। उन्होंने हाथ जोड़कर ऊपर की ओर देखा, "माँ दुर्गे! मेरे साथ यह क्या हो रहा है?"

कीर्तन जी ने इलाहाबाद उच्च न्यायालय में निदेशक, उच्च शिक्षा के ऊपर मुकदमा दायर कर दिया और उच्च न्यायालय से अपना समस्त देयक प्रदान करने की प्रार्थना की। धीरे-धीरे मुकदमा चलते दो वर्ष हो गया।

एकाएक थोड़े-थोड़े अन्तराल पर तीन घटनाएँ घटीं। सहायक निदेशक पाण्डेय जी ने अपने एक रिश्तेदार का फर्जी अनुसूचित जाति का प्रमाणपत्र बनवाया था और उसी प्रमाण पत्र के आधार पर उसे निदेशालय में नौकरी दे दी थी। इसी प्रकरण में पाण्डेय जी को निलम्बित कर दिया गया और उनके ऊपर जाँच बैठा दी गयी। बेग साहब उच्च शिक्षा निदेशक के पद से सेवानिवृत्त हो गये। वे कार से अपनी पत्नी के साथ कहीं जा रहे थे। कार को एक ट्रक ने टक्कर मार दी और बेग साहब अपनी पत्नी के साथ घटना स्थल पर ही दिवंगत हो गये। अनुसूचित जाति का होने के कारण चन्द्रा जी उच्च शिक्षा निदेशक होने वाले थे। कुछ लोगों ने पोल खोल दी कि चन्द्रा जी ने यह झूठी अफवाह फैला रखी है कि वे अनुसूचित जाति के हैं दरअसल वे अनुसूचित जाति के नहीं है। शासन ने उनके विरुद्ध भी कार्रवाई करते हुए उन्हें उच्च शिक्षा निदेशालय से हटाकर एक महाविद्यालय में प्राचार्य बनाकर भेज दिया।

कीर्तन जी को तीनों घटनाएँ पता चलीं तो वे बहुत दुःखी हुए। उन्हें लगा कि मेरे कारण ही तीनों को कष्ट भोगना पड़ा।

रात में कीर्तन जी जब सोये तो स्वप्न में माँ दुर्गा मुस्कराते हुए उनके सामने आकर खड़ी हो गयीं। कीर्तन जी ने उनका पैर पकड़कर कहा, "माँ, तीनों को दण्ड मिलने से तो मेरा काम हो नहीं गया। मैं तो अभी भी परेशान हूँ क्यों तीनों को दण्डित किया?" माँ मुस्करायीं, "केवल तुम्हारे कारण उन्हें दण्ड नहीं मिला। उनके पापों का घड़ा लगभग भर चुका था। तुम्हें सता कर उन्होंने अपने पापों के घड़ों को पूरी तरह भर लिया। तुम्हारी किस्मत में भी प्रोन्नति नहीं लिखी हुई है, लेकिन सकारात्मक मनोभावों से तुम जो इतनी मेहनत कर रहे हो, उससे एक नया कर्म फल बनेगा जिसके कारण तुम्हारी प्रोन्नति होगी।" माँ आशीर्वाद देकर गायब हो गयीं।

(सच्ची घटना पर आधारित)

❑❑